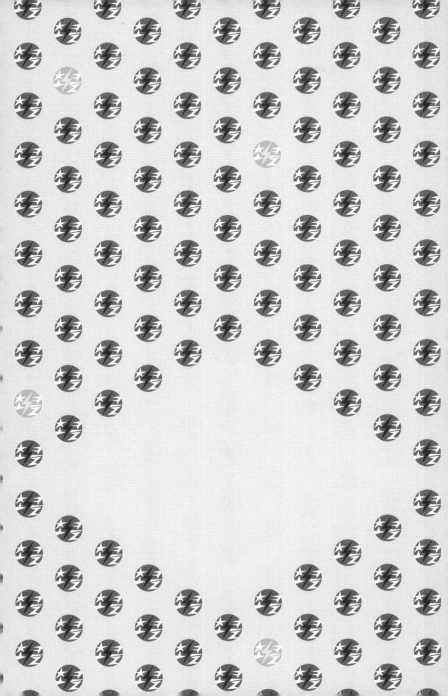

내일은 초인간

차례

극장 밖의 히치 코크

작가의 말

주요 인물 소개

⚡ 공상우 ⚡

190센티미터가 넘는 윙스팬을 가진, WCT(월드 체이스 태그: World Chase Tag)의 귀재다. 위급한 상황이 닥치면 긴 팔이 더 길게 늘어난다. 긴 팔을 콤플렉스라 여기고 살아왔지만, WCT에 참여하고 초인간클랜 친구들을 만난 뒤로는 자신감을 갖게 된다.

⚡ 민시아 ⚡

도망가기의 고수다. 그만큼 인생에서 도망쳐야 할 일이 많기도 했다. WCT 아마추어 경기에 참가하며 자신의 능력을 처음으로 많은 사람 앞에 드러냈다. 다른 사람들은 눈여겨보지 않는, 책 속의 이상한 문장들을 기억하고 자주 떠올리기도 한다. 공상우와 함께 초인간클랜의 정기 모임에 참여하며 초클과 인연을 맺는다.

⚡ 한모음 ⚡

먼 곳에서 발생한 미세한 소리를 놓치지 않고 들을 수 있으며, 절대음감까지 갖춘 특별한 귀를 가졌다. 그러나 너무 많은 소리가 끊이지 않고 들려오는 탓에 일상생활 중에는 노이즈 캔슬링 헤드폰을 끼고 있다. 헤드폰에선 대체로 오래된 록 음악이 흘러나온다. 아무도 임명하지 않았지만 초인간클랜 공식 연대기를 기록하는 일을 하고 있다.

⚡ 유진 ⚡

초인간클랜에서 가장 냉소적인 성격이지만, 작은 인형들과 열쇠고리들을 가방에 주렁주렁 달고 다니는 반전 취향을 가지고 있기도 하다. 뛰어난 정지 시력 소유자로, 아주 작은 움직임도 놓치지 않고 잡아낸다. 공상우의 팔이 순간적으로 늘어나는 것을 알아보고 그에게 초클의 가입을 제안했다.

⚡ 이지우 ⚡

동물과 대화가 가능하다. 그러나 사람들과 소통할 때는 말주변이 부족하고 말을 더듬는다. 동영상 사이트에서 동물들과 대화하는 영상을 라이브로 중계하는데, 인기 채널은 아니지만 소수의 광팬에게서 열광적인 지지를 받는다.

⚡ 정인수 ⚡

숫자 강박을 가지고 있으며, 숫자에 관련된 모든 것을 외운다. 그 때문에 머릿속이 숫자로 가득 차서, 다른 것들은 들어올 자리가 거의 없다. 공상우와 민시아가 초인간클랜에 새롭게 합류하게 된 다음 두 사람과 함께 시간을 보내곤 한다.

⚡ 오은주 ⚡

초인간클랜의 창시자이며, 모임을 할 때 공간을 제공해주기도 한다. 때때로 어수선해지는 분위기를 정리하고 초클을 전반적으로 이끄는 역할을 한다. 손톱에서 빛을 내고, 온도의 변화를 민감하게 감지해내는 초능력을 가지고 있다.

⚡ 조재이 ⚡

전국에서 손꼽히는 해커로, 아이큐가 무려 180이다. 공상우에게서 초인간클랜 이야기를 듣는 순간 등에서 뭔가가 기어다니는 것 같은, 자신이 초인간임을 확인하게 되는 증상을 겪는다. 자율 주행 자동차의 시스템을 해킹하는 일로 동물원 습격 사건에서 일등 공신으로 활약하며 초클에 합류했다.

⚡ 백건 ⚡

스스로를 '화이트 건', 혹은 '총알보다 빠른 사나이'라고 부른다. 형사 시절 빠른 달리기를 활용해 범인들을 검거했다. 은퇴 이후 취미로 WCT를 시작했다가 공상우를 만나 그의 코치가 되면서, 종종 공상우의 부탁으로 초인간클랜의 계획에 도움을 준다. 발이 넓고 처세에 밝다.

망하지 않았다. 그에게 극장이란 우연히 새로운 사람을 만나게 되는 놀이터였다. 재이는 오후에 기분 나쁜 일이 있었지만 영화를 보러 가는 날이어서 다행이라는 생각을 했다. 영화를 보고 있으면 걱정이 사라졌고 그 세계로 곧장 빠져들었다. 극장 앞에는 영화 〈사보타주〉의 포스터가 붙어 있었다. "가슴을 조여오는 서스펜스 스릴러 영화"라는 문구에 이끌렸다. 고풍스러운 그림 스타일도 마음에 들었다. 스릴러에 몰두하다 보면 기분이 나아질 것 같았다. 재이는 자신이 히치콕 감독의 영화를 본 적이 있는지 떠올려보았다. 〈새〉라는 작품은 본 것 같았다. 재이는 새를 무서워했다. 새들이 인간을 공격하는 장면에서 소리를 질렀던 기억이 났다.

'새만 나오지 않으면 상관 없는데……'

재이는 자판기에서 오렌지 탄산수를 꺼내며 혼자 중얼거렸다. 몇 달 전부터 아카데미 극장 자판기의 음료수 종류는 하나뿐이었지만 다행히 재이가 좋아하는 제품이었다. 팝콘의 사이즈를 결정하고 선택 버튼을 누르자 영화 시작을 알리는 종소리가 울렸다. 재이는 화장실에 들렀다가 극장으로 들어갔다.

2

초인간클랜의 아지트가 된 오은주의 오피스텔에서는 일주일에 한 번씩 '초인간 경연 대회'가 열렸다. 오은주가 장소를 제공하고, 먹을 것은 각자 싸 오고, 매주 한 명씩 주인공을 정한다. 주인공은 경연 대회를 진행하며 다른 초인간 친구들에게 숨어 있는 또 다른 능력을 찾아낸다.

"일종의 복수 전공을 정하는 거네?"

정인수가 친구들 한 명 한 명과 눈을 맞춰가며 동의를 구했다.

"그런 셈이지."

오은주가 답을 해주고 덧붙였다.

"경연 대회라기보다 계발 대회 같은 거라고 생각하자. 우리가 잘 모르는 능력을 발전시킬 수 있게 서로 도와주는 거야."

"나는 지금의 내 능력도 버거워."

유진이 시무룩하게 대꾸했다.

"유진, 너는 가만히 지켜보기만 하면 되는데 그게 왜 버거워?"

재이가 물었다.

"가만히 있는 게 얼마나 숨 가쁜 일인지 알아? 내가 가만히 있으면 세상이 내 주위를 진짜 빠르게 움직인다고. 토할 것 같아, 순간순간."

"상대적인 거구나."

재이가 고개를 끄덕이며 말했다.

"모든 게 상대적인 거지. 속도도, 능력도."

"난 괜찮을 것 같아. 유진은 괴롭다고 했지만 서로의 능력을 확인하는 기회가 될 수도 있고, 상대방의 고통도 좀 더 이해할 수 있을 거야."

누워서 스트레칭을 하던 민시아가 덧붙였다. 헤드

폰을 쓰고 음악을 듣던 한모음이 가만히 고개를 끄덕였다. 좋다는 신호였다.

유진도 민시아의 이야기에 별다른 반박을 하지 않았다. 마지막으로 그 자리에 없던 이지우와 공상우도 민시아의 의견에 동의를 했고, 일주일에 한 번 대회를 열기로 했다.

첫 번째 대회의 주인공은 유진이었다. '지금의 능력도 버겁다'고 했던 사람답지 않게, '초인간 경연 대회라니 너무 이상한 아이디어 같다'라고 얘기한 사람답지 않게, 모든 준비를 알차게 해놓았다. 유진은 커다란 스케치북에다 '제1회 초인간 경연 대회—정지 시력 마스터를 찾습니다'라는 글씨를 써서 벽에 걸어두었다. 스케치북 양옆에는 어울리지 않게 리본을 달았다. 매사에 시큰둥하지만 막상 자신에게 일이 주어지면 끝까지 최선을 다하는 것이야말로 유진의 스타일이었다.

"저 리본은 뭐야?"

정인수가 물었다.

"리본을 달아놓으니까 뭔가 중요한 대회 같지 않아?"

유진이 대답했다.

"그러고 보면 유진은 주렁주렁 매다는 거 참 좋아
해."

정인수가 덧붙였다.

"나 유진이 처음 봤을 때 제일 인상 깊었던 게 그거
잖아. 가방에다 인형이랑 열쇠고리들을 매달아뒀는
데, 유진이 걸을 때마다 그 아이들이 춤추는 것처럼
보였어. 아, 저 사람은 특이한 사람이다. 내가 한눈에
알아봤지."

민시아가 유진을 보며 말했지만 유진은 민시아의 눈
빛을 싹둑 잘라냈다.

"그런 이야긴 됐고, 준비한 게 많으니까 빨리 시작
하자. 총 3라운드로 펼쳐질 거고, 단계별로 난이도가
높아지니까 모두 긴장해. 최종 생존자에겐 특별한 선
물도 준비했어."

유진이 옆에 있던 또 다른 스케치북을 집어 들며 말
했다. 준비한 걸 빨리 보여주고 싶은 조급한 마음이
얼굴에 드러났다. 친구들이 자리에 앉자 유진이 설명
을 이어갔다.

"1초면 똑, 하고 딱이고, 그러면 시간이 휙 지나가고 없는데, 너무 빨라."

"그래야 초능력을 찾아내지."

"충분히, 2초도 길지 않고, 짧아."

"알았어. 그럼 2초."

유진이 스케치북을 열었고 "하나, 둘" 하고는 곧장 닫아버렸다.

"야, 나 안 해. 하나도 안 보여. 그림도 콩알보다 작게 그려놓고는 어떻게 알아보냐?"

재이가 소리를 질렀다.

"콩알보다는 커."

유진이 차분하게 대꾸했다.

"크고 작고의 문제가 아니야. 가능성을 조금은 열어 줘야지."

정인수도 투덜거렸다. 유진이 주위를 둘러보았다. 모두 유진을 보고 있었지만 헤드폰을 쓴 한모음은 종이에다 뭔가를 그리고 있었다.

"내가 생각하기엔 최소한 한 명쯤은 스케치북 속에서 어떤 그림을 본 것 같은데?"

유진이 한모음을 보면서 말하자 모두의 시선이 그쪽으로 향했다.

"스케치북 안에 있는 그림을 봤다고? 말이 돼?"

"한모음 진짜 봤어?"

한모음은 대답을 하지 않고 자신의 종이를 보여주었다. 종이에는 새 한 마리가 그려져 있었다. 친구들은 정답을 알 수 없으니 유진의 눈치만 볼 뿐이었다. 종이를 든 한모음과 유진을 번갈아 보았다.

"80퍼센트 정답이야. 정확히는 먹이를 물고 있는 박새였어."

친구들이 야유를 퍼부었다. 정인수가 가장 흥분했다.

"야, 이 미친 문제 출제자야. 그걸 어떻게 맞혀? 하늘을 날아가는 새가 박새인지 참새인지 벌새인지도 모르는데 걔가 입에다 뭘 물고 있는지 우리가 어떻게 아냐고. 그게 말이 돼? 넌 그게 보여?"

"난 보이지."

유진은 차분하게 대꾸했다.

두 번째 라운드는 일명 '멍 때리기'였다. 시합의 내용은 오은주의 오피스텔 창밖으로 보이는 건물의 간시지를 보냈다. 5분이 지나도 답이 없었다.

"너희들 얘기 들었어? 아까 아카데미 극장에 불이 났대."

정인수가 불이 활활 타오르는 모습을 두 손으로 따라 하며 설명했다.

"불?"

이지우가 되물었다.

"영화 상영 중에 극장에서 뭐가 터져서 근방이 난리가 났었대. 너희들 아무리 아르바이트로 바빠도 지역 사회에 관심을 좀 가지고 그래라."

정인수가 고개를 까딱거리면서 거드름을 피웠다.

"다친 사람은 없고?"

오은주가 물었다.

"불이 났는데 다친 사람이 없겠어? 몇 명은 병원으로 실려 갔대."

"무섭다. 폭발이라니……. 가스폭발 같은 거였나?"

"방화였나?"

"폭탄 같은 게 터진 건가?"

"얼마나 무서웠을까."

"으아, 생각만 해도 끔찍하다."

친구들은 휴대전화로 뉴스를 검색했지만 자세한 상황을 확인할 수는 없었다. "오늘 저녁 5시 50분경 U시 극장에서 화재 발생, 경찰이 현재 조사 중"이라는 짤막한 기사만 볼 수 있었다.

3

　아카데미 극장 화재 사건을 맡은 이기영 형사는 현장을 둘러본 다음 마음에 걸리는 점을 수첩에 적었다. 떠오르는 생각들을 수첩에 하나씩 적다 보면 생각이 정리되곤 했다.

― 단순한 화재 같지는 않다. 발화 지점이 명확하지 않다.

― 방화? 그럴 가능성도.

― 아니면, 폭탄? 테러? 사람도 별로 없는 극장에서? 그럴 가능성은 적겠지.

― 그렇지만 뭔가 '펑' 하고 터지는 소리를 들었다고 했다.

— 부상자는 두 명. 상태는 심각하지 않다.

— 만약 테러라면, 살상 목적이 아니라 깜짝쇼인가? 깜짝 놀라게 할 이유가 뭐지?

— 테러를 할 생각이라면 좀 더 그럴듯한 장소를 택했을 것이고…….

— 극장……. 극장과 테러.

— 감식을 해봐야 알겠지만 방화가 맞을 듯.

여기까지 적었을 때 아카데미 극장의 대표인 김용이 다가왔다. 김용은 앞머리가 살짝 벗어진 데다 눈썹이 진해서 첫인상이 강했다. 입술은 얇고 코는 뭉툭했다. 키는 165센티미터 정도, 몸매는 호리호리했지만 배는 조금 나왔다. 이기영은 김용의 나이를 짐작해보았다. 50대 중반으로 결론 내렸다.

"경찰입니다."

"네, 제가 여기 대표입니다."

"많이 놀라셨겠습니다."

"예, 휴게실 청소를 하고 있다가 건물이 폭삭 내려앉는 줄 알았습니다. 이게 다 무슨 일인지……."

"CCTV가 없다고 들었는데요."

"예, 없습니다. CCTV를 설치해야 할 만큼 별다른 사건이 자주 생기는 곳이 아니라서요."

"처음부터 없었습니까, 아니면 중간에 없앴습니까?"

"견적을 내봤는데 생각보다 비싸더라고요."

"영업에 어려움이 있습니까?"

"어려움요? 어려움이라는 단어로는 현재의 재정 상태를 손톱만큼도 설명할 수 없죠."

"관객이 없습니까?"

"많지는 않죠."

"사건 당시 관객이 몇 명이었는지 기억하십니까?"

"아홉 명이요."

"정확히 아시네요?"

"그럼요. 제가 표를 파는 일도 하니까요. 그리고 그 회차에는 영화 상영 도중에 제가 극장에 잠깐 들어갔었거든요. 그래서 더 잘 기억하죠."

"상영 도중에?"

"제가 깜짝 이벤트를 했습니다. 히치콕 영화를 상영

중이라서……, 히치콕이라는 감독 아시나요?"

"네, 알죠."

"역시 형사니까……."

"형사와 상관없이 히치콕을 모르는 사람이 어디 있습니까."

"그런가요?"

"계속하시죠."

"네, 〈사보타주〉라는 영화 속에 정전이 되는 장면이 있습니다. 테러범들이 도시 전체를 정전시켜버리는 거죠. 그 시간에 맞춰서 저도 극장 불을 껐습니다. 관객을 깜짝 놀라게 하는 이벤트였죠."

"손님도 많지 않은데, 열심이시네요."

"저희 극장이 그런 걸로 좀 유명합니다."

"손님 없는데 열심인 걸로요?"

"아뇨. 다양한 이벤트를 합니다. 일종의 기획전이랄까요. 제가 그런 걸 좋아합니다. 손님이 없다고 풀 죽어 앉아 있을 수만은 없죠."

"극장에는 이벤트 때문에 들어간 겁니까?"

"불을 껐으니 손님들이 놀라지 않았겠습니까? 자세한

상황을 말씀드리려고 극장 안으로 들어갔습니다. 3분도 걸리지 않았을 겁니다. 잠깐 안내한 다음 곧바로 영화를 상영했으니까요. 극장에 들어갔을 때 아홉 명이 앉아 있었습니다."

"정확히 3분입니까?"

"그게 중요한가요?"

"중요한가 아닌가는 나중에 알 수 있죠."

"불이 꺼지고 시간이 좀 있었으니까……, 그리고 제가 내려와서 문 열고 하면……, 여유 있게 5분으로 할까요?"

"아는 얼굴들이 있었습니까?"

"몇 명은 단골이어서 알죠."

"처음 보는 분들도 있고요?"

"다섯 명은 단골이었고……, 아니 네 명은 단골이었고, 네 명은 처음 보는 사람이었습니다."

"다섯 명입니까, 네 명입니까?"

"한 사람은 단골이긴 하지만, 손님은 아니라서요."

"그게 무슨 말입니까?"

"자주 오는 노숙자가 한 명 있어요. 자주 오니까 단

골은 단골인데, 돈을 받지는 않으니까 손님은 아니에요. 그날도 있었죠. 냄새가 좀 나거든요, 씻지를 못하니까. 그래서 늘 제일 구석에 앉게 하죠. 그날도 그랬고."

"그러니까 정리하면 다섯 명은 아는 얼굴, 네 명은 모르는 얼굴."

"네, 맞습니다."

"그 사람들이 앉았던 자리를 기억할 수 있겠습니까?"

"그럼요. 눈 감고도 다 알죠."

"여기 종이에다 그려주시겠어요? 아는 사람은 이름도 적어주시고요. 이름을 모르시면……."

이기영의 휴대전화가 울려서 대화는 끊어졌다. 이기영은 구석으로 가서 통화를 시작했다. "응?", "그래서?", "감식반? 누구?", "한 시간 내로 갈 테니까……, 그래." 짤막한 말을 상대방이 긴장할 정도로 힘을 주어 말했다. 이야기를 듣는 시간이 많았고, 대꾸는 짧았다. 전화를 끊고 이기영은 김용에게 돌아왔다.

"다 쓰셨습니까?"

것은, 무척 이상한 일이다.

우리는 팀을 나누기로 했다. 공상우와 민시아는 내일 재이의 지하 스튜디오로 갈 것이다. 유진과 정인수는 아카데미 극장에 가서 수사가 어떻게 진행되고 있는지 파악할 것이다. 이지우와 내가 할 일은 조금 더 추상적이고 복잡한 일이다. 재이가 요즘 겪었을 스트레스의 근원을 찾아가는 일이다. 어디에서부터 출발해야 할까. 우리는 우선 재이를 그대로 흉내 내기로 했다. 재이가 요즘 자주 갔던 곳에 가보고(한 달 동안 열리고 있는 자율 주행 자동차 박람회장이다), 재이가 봤던 영화를 볼 생각이고(마지막으로 본 영화는 알프레드 히치콕 감독의 〈사보타주〉였다), 거의 매끼를 해결하는 스튜디오 앞 돈가스집과 편의점, 커피숍 등을 모두 둘러볼 것이다. 이지우가 새벽 배송 아르바이트를 시작했기 때문에 본격적인 조사는 오후부터 시작된다. 우리는 재이를 찾아낼 것이다.

5

대테러본부의 송보라는 아카데미 극장에 들어서면
서 코를 킁킁거렸다. 사건 다음 날인 금요일에 현장으
로 가 정밀 분석을 했지만 별다른 단서는 찾지 못했
고, 채집한 물품에서도 용의자의 흔적을 발견하지 못
했다. 쉬어야 할 토요일이었지만 마음 편하게 누워 있
기 힘들었다. 미처 발견하지 못한 무엇인가가 있으리라
는 생각을 하면 머릿속이 복잡해졌다. 그래서 '모든 비
밀은 현장에 있다'는 범죄학 교수의 말을 떠올리며 다
시 아카데미 극장으로 향한 것이다.

송보라는 냄새로 현장을 기억하길 좋아했다. 한쪽

면만 찍을 수밖에 없는 사진이나 동영상보다는 공간 전체에 스며 있는 냄새야말로 가장 중요한 단서라고 생각했다. 2년 전 사제 폭탄 사건 현장에서 도착하자마자 폭탄의 종류를 정확히 알아맞힌 일은 대테러본부 내에서 전설처럼 떠돌았다. 친한 동료들은 송보라를 '송코'라는 별명으로 부르기도 했다. 송보라는 그 별명을 좋아하진 않았다.

아카데미 극장 객석에 앉은 송보라는 후각을 최대한 날카롭게 다듬어보았다. 의자 곳곳에 밴 과거의 냄새를 현재로 복원시키기 위해 애썼다. 영화 상영이 시작되고 나서, 누군가가 팝콘을 먹었고, 기침을 했고, 그 앞에 앉았던 사람은 팝콘 냄새 때문에 돌아보았고, 퀴퀴한 냄새를 싫어하는 젊은 관객들은 의자에 손을 대지 않으려고 노력했을 것이다. 그때까지 불쾌한 냄새들은 숨어 있었을 것이다. 조금씩 영화에 몰입해가고 있을 때, '펑' 하는 소리와 함께 어디선가 타는 냄새가 났을 것이고, 사람들은 다급하게 비상구로 뛰어갔겠지. 냄새를 피해 도망갔겠지. 연기에 질식되지 않기 위해서, 살기 위해서.

"이런 취미가 있는 줄은 몰랐네요."

송보라가 돌아보니 이기영 형사가 비상구 앞에서 팔을 벽에 기대고 서 있었다. 이기영은 키가 180센티미터 정도였고, 몸이 다부졌다. 형사를 생각하면 떠올릴 만한 스포티한 복장이 아니라 늘 재킷과 구두를 착용했다. 눈썹은 진했지만 눈은 크지 않았고, 쌍꺼풀이 없었다. 콧날은 날카로워서 왼쪽 얼굴과 오른쪽 얼굴을 확실히 구분하고 있었다. 많은 사람이 호감을 느낄 만한 외모이긴 했지만 얼굴을 자주 찡그리는 바람에 호감을 느낄 새가 없었다.

"네?"

송보라가 귀찮다는 듯 반문했다.

"주말의 텅 빈 객석에 앉아서 영화 보기? 아니면 하얀 스크린을 보면서 명상하기?"

"다들 노는 주말에 시비 거는 게 취미인가 봐요, 이 형사님은?"

"저야 뭐, 대테러본부에 선수 뺏기면 시말서 쓸 각오 하라는 반장님 불호령 때문에 현장에 나온 게으른 형사일 뿐이죠."

"선수를 뺏긴다고요?"

"나이 든 사람들 알잖아요. 자기가 가진 걸 하나라도 뺏기면 인생 낙오자로 생각하는 거."

"한심하네."

"저도 그렇게 살지 않으려고 노력하는데 쉽지 않아요. 자, 그럼 우리끼리라도 공조수사를 해볼까요? 송보라 씨가 가져온 정보와 저의 육감을 합치면 대단한 게 나올 거 같은데요."

"저는 육감 같은 거 싫은데요."

"그래요, 그럼. 제가 가진 카드를 한 장씩 보여드리죠. 포커 게임 할 줄 알아요?"

"대충."

"지금까지는 투 페어예요. 단순 화재는 아니고 누군가가 고의적으로 불을 질렀다."

"그게 원 페어예요?"

"거참, 기죽이는 거 엄청 잘하시네. 두 번째, 범인은 영화를 잘 알고 있는 사람이거나 아카데미 극장을 잘 알고 있는 사람이에요."

"그런 투 페어로는 어디서도 못 이겨요."

"더 들어봐요. 그날 사고 현장에 있었던 사람은 모두 아홉 명이에요. 저는 그중에 범인이 있다고 봅니다. 저의 육감이죠."

"이유는?"

"모두 재빨리 사고 현장에서 나갈 수 있었다는 점, 다친 사람이 거의 없었다는 점, 그날 상영된 영화가 폭탄이 터지는 〈사보타주〉였다는 점. 범인은 극장에 CCTV가 없다는 걸 알고 여유 있게 범행을 저지를 수 있었던 거죠."

송보라는 이기영의 말을 가만히 듣고 있다가 고개를 흔들었다. 이기영의 말이 듣기 싫다는 행동이 아니라 자신도 모르게 나오는 버릇이었다. 고개를 흔들면서 생각을 하는 것이다. 송보라는 얼굴이 동그란 편이었고, 코끝이 조금 뭉툭했다. 전체적으로 둥글둥글한 인상이 될 뻔했는데 입술 때문에 그렇진 않았다. 큼지막하게 옆으로 찢어진 입매에다 얇은 입술은 전체적인 인상을 날카로워 보이게 했다. 그런 인상은 송보라의 단발머리와도 잘 어울렸다. 송보라는 좌우로 고개를 흔들 때 머리카락이 자신의 뺨에 부딪히는 느낌을 좋아했다.

"듣기 싫어요?"

이기영이 물었다.

"아뇨, 버릇이에요."

송보라가 고갯짓을 멈추고 대답했다.

"이상한 버릇이네요."

"이 극장에는 CCTV보다 더 무서운 게 있어요."

"그게 뭔데요?"

"사장님."

"아, 김용 씨요? 자부심이 대단하죠. 자신이 아카데
미 극장의 모든 걸 알고 있고, 구석구석 자신의 숨결
이 닿지 않은 데가 없다, 뭐 그런 생각이 아주 확고한
분이에요."

"CCTV를 대신하는 사람이죠."

"하긴, 이 극장을 잘 아는 사람이라면 오히려 쉽지
않았을지도 모르겠네요. CCTV보다 무서운 김용이라
는 사람의 두 눈이 있었으니까요. CCTV도 없는 작은
극장에 왜 불을 질렀을까? 범행 동기가 뭘까? 어째서,
하필, 굳이, 왜, 왜, 왜……, 이런 질문들이 남네요."

"불이었으면 제가 여기 없죠. 폭탄이었어요."

"뭐, 송보라 씨가 여기 있으니 짐작은 했어요. 폭탄 종류는요?"

"음료수 폭탄."

"음료수 폭탄이요?"

"네."

"맛이 없어서요?"

"자주 쓰이는 수법이에요. 반입이 자유로우니까요. 음료수로 만드는 건 아니고, 음료수 색과 비슷하게 제조해서 담는 거죠."

"모르고 마시면……. 와, 생각만 해도 끔찍하네."

"문제는……, 타이머예요."

"타이머가 왜요?"

"잔해 속에서 음료수 뚜껑을 발견했는데, 거기에다 타이머를 설치했더라고요. 음료수 뚜껑을 돌려서 시간을 맞추는 거죠."

"음료수 뚜껑이 째깍째깍, 하고 타이머가 되어서 돌아간다는 거네요. 최대로 조절할 수 있는 시간은요?"

"세 시간."

"그렇다면, 극장을 잘 아는 사람이고 세 시간 전에 폭탄을 설치했다면, 아홉 명 말고 이전 회차 관객도 용의 선상에 올려야 한다는 거네요. 김용 대표를 만나 봐야겠어요."

 "만나봤어요. 네 명이었대요. 아는 사람 두 명, 모르는 사람 두 명."

 "네 명이라……, 재미있는 영화는 아니었나 보네요. 네 명이 누구예요?"

 "한 명은 김기안 씨, 한 명은 맨 뒤에서 자고 있던 노숙자. 모르는 두 명은 커플이었대요."

 "김기안 씨면 지금 병원에 입원해 있는 그분이네요?"

 "네. 그날 하루 종일 극장에 있었나 봐요. 김기안 씨 만나서 영화 상영 도중에 어떤 일이 있었나 알아봐야죠."

 "제가 만나볼게요. 그런데 이 사건이 테러라면 이유가 뭘까요? 이런 낡고 오래된 극장에 폭탄을 터뜨릴 이유가 있나요?"

 "이유야 사람들 머릿수만큼이나 다양하죠."

"그래도 이렇게 공공장소에서 일을 벌이는 건 좀 다르지 않나요? 폭탄 전문가로서 어떻게 생각하세요?"

"다르지 않아요. 우리가 이유를 모를 뿐이죠. 우리가 쥐고 있는 건 투 페어가 아니에요. 아직 원 페어도 아니고, 그냥 연결되지 않은 카드들뿐이에요."

"저는 김기안 씨를 만나보고 올게요. 송보라 씨는 현장에 더 있을 거죠?"

"네."

"정확한 폭파 지점은 확인했어요? 스크린 뒤쪽 어디인 것 같은데요. 뒤에는 남자 화장실과 연결되는 통로가 있으니까 화장실 다녀온 사람도 확인해봐야겠네요."

"이 형사님, 폭탄 터졌을 때 상영되던 영화가 뭐라고 하셨죠?"

"〈사보타주〉요."

"그전에 상영된 영화는요?"

"그건 모르겠는데요."

"알프레드 히치콕의 〈파괴 공작원〉이라는 영화였어요."

"〈파괴 공작원〉이라……. 의미심장하네요."

"그렇죠?"

이기영은 송보라를 향해 가벼운 고갯짓을 하고 극장을 나섰다. 토요일 오후라서 거리에는 사람이 많았다. "이유가 없을 수 있나" 이기영은 중얼거렸다. 누군가를 죽이기 위해서는 단 한 가지 이유만 있으면 된다. 많은 이유는 필요 없다. 그게 아무리 사소하더라도, 이유는 무조건 필요하다. 이기영에게 범인을 잡아내는 일은 '왜'를 찾아내기 위한 여정이다. '왜 죽였어?'라고 물어보기 위해서는 반드시 범인을 찾아내야 한다. 죄를 지었기 때문에, 처벌을 받아야 할 사람이기 때문에 그를 쫓는 게 아니다. '왜'를 물어보기 위해서다. 질문의 대답을 듣기 위해서다. 그렇지 않다면 이 일을 오래 할 수 없다. 단순한 정의나 사명감으로 할 수 있는 일이 아니다. 대답을 듣기 위해서라면 이기영은 어디든 갈 준비가 되어 있었다. 이기영은 휴대전화를 열어서 메모장에다 〈파괴 공작원〉이라는 영화 제목을 입력했다. 어제저녁에는 맥주를 마시면서 영화 〈사보타주〉를 보았다. 오래된 영화였지만 긴박감 넘치는 재미있는 영화였다. 영화 기자처럼 영화에 대한 이런 저런 메모도 해두었다. '사건을 일으키는 구체적인 동기가 부족', '폭탄을 운반하는 과정이 지극히 아마추어적', '지나친 우연의 연속' 등의 문장을 적었다. 영화에서 폭탄이 터지는 장면을 여러 번 보았다. 분명 아카데미 극장 사건과 관련이 있는 장면이었다. 저녁에 〈파괴 공작원〉을 보면 좀 더 구체적인 실마리가 생길지도 몰랐다. 이기영은 김기안이 입원한 병원을 향해 자동차를 몰았다.

6

공상우는 재이의 지하 스튜디오 비밀번호를 알고 있었다. '12345678'이었다.

"일종의 자신감이랄까. 우리 집 대문은 열어주겠어, 그렇지만 누구든 우리 집 대문을 열고 들어오는 순간, 나는 네 녀석 뒷문을 따버릴 거야. 이런 메시지랄까."

재이가 신나게 말했을 때 공상우는 이해가 되지 않아 차분하게 대꾸했던 기억이 났다.

"그건 자신감이 아니라 객기 같은 거 아닌가?"

공상우의 말을 들은 재이는 어깨를 으쓱해 보였다.

"그래, 객기일 수도 있겠네. 너는 참 사소한 진실을

정색하고 말하는 재주가 있다니까. 그래서 공상우 널 좋아하는 거고. 다른 사람들은 해커의 스튜디오 비밀 번호가 이따위 번호일 거라고는 상상도 못 할 거야. 너만 알고 있어. 너한테만 특별히 공개하겠어, 공상우."

공상우는 1부터 8까지 순서대로 도어락 번호판을 눌렀다. 안쪽에서 문이 열리는 소리가 들렸다.

"뭐야, 비밀번호가 어째서 이따위야?"

한발 뒤에 있던 민시아가 놀라며 말했다.

"해커의 자신감이래."

공상우가 웃으면서 대답했다.

"자신감은 무슨 자신감, 게으른 것이지. 자기 포장은 참 잘해."

민시아가 투덜거렸다.

책상 위 두 대의 컴퓨터 모니터에는 똑같은 스크린 세이버가 나오고 있었다. 공항의 모습을 항공촬영으로 찍은 영상이었다. 수많은 비행기가 천천히 자기 자리를 찾아가는 중이었다. 항공촬영으로 찍은 비행기들은 나비나 잠자리 같기도 했다.

공상우는 키보드를 건드려서 스크린 세이버를 멈췄

다. 비밀번호를 입력하라는 메시지가 나왔다. 컴퓨터의 비밀번호는 공상우도 알지 못했다. 1부터 8까지의 숫자를 다시 눌러보았다. 아무런 반응이 없었다. 아무리 자신만만한 재이라도 컴퓨터 비밀번호는 신경을 쓰는 모양이었다.

민시아는 주변을 둘러보았다. 지하 스튜디오라서 그런지 퀴퀴한 냄새가 났다. 한쪽 벽면에는 붉은색 4인용 가죽 소파가 놓여 있었다. 잠도 거기서 자는지 한쪽 팔걸이가 눈에 띄게 닳았고, 소파 왼쪽 부분이 조금 더 내려앉아 있었다. 소파 옆 낮은 나무 탁자 위에는 과자 부스러기와 나무 젓가락이 꽂힌 컵라면 용기, 피자 박스가 어지럽게 쌓여 있었다. 5단 책장에는 주로 컴퓨터 서적이 꽂혀 있었고, 소설처럼 보이는 책은 딱 두 권뿐이었다. 『웃는 경관』, 『기나긴 이별』. 민시아는 두 권의 제목을 소리 내어 읽어보았다.

"재이가 독서도 하나 보네."

민시아가 책을 들춰 보면서 심드렁하게 중얼거렸다.

"그 책, 내가 선물로 준 거야."

공상우가 민시아를 돌아보며 말했다.

"네가?"

"응, 지난번에 심심하다면서 재미있는 소설 없냐고 물어보길래."

"재미있어, 이거?"

"나도 안 봤어. 백건 아저씨가 준 책들이야."

"맞아, 우리 코치님은 책 보는 거 좋아하시지. 이거 둘 다 추리소설이겠구나."

"나한테는 이렇게 설명했어. 역사상 가장 중요한 추리소설 두 권을 너에게 주마. 이것만 읽으면 너도 범인을 잡을 수 있어. 물론 우리 대단하신 코치님의 뻥이겠지만."

"재미있겠다. 내가 가져가야지."

"너는 책 찢어 가는 게 특기 아니야? 어쩐 일로 무겁게 책을 다 가져가려고?"

"왜 이러셔, 공상우 씨. 도서관에서 책을 찢는 것도 다 책을 사랑하기 때문에 그러는 거라고 몇 번을 말해. 그리고 요새 책 찢기 끊었어."

"도서관에서 아르바이트하기 시작하면서 끊은 거잖아."

"이런 쓸데없이 날카로운 공상우 같으니라고. 맞아. 도서관에서 아르바이트를 하니까 차마 그러질 못하겠더라고."

"이 책들도 도서관에서 보면 되는 거 아냐?"

"달라. 내 책인 거랑 공용의 책을 빌려 보는 건. 소설은 특히 그래. 소설은 가상의 세계를 내 것으로 만드는 과정인데 다른 사람과 함께 보는 건 말이 안 돼. 내 책으로 소장해야지 진짜 내 세계가 되는 기분이 든단 말야."

"소설가한테 세뇌당한 것 같은 말투네."

"소설가한테 세뇌당했으면 내 돈 주고 책을 사야 하는데, 가정경제를 생각하면 그러지는 못하겠더라고. 이런 식으로 남들이 보지 않는 소설책을 슬쩍슬쩍 모으면서 내 세계를 확장하고 있어."

"추리소설을 슬쩍하신 분답게 단서가 될 만한 것 좀 빨리 찾아봐."

공상우는 민시아가 아르바이트하는 도서관에 가본 적이 있다. 반납한 책을 제자리에 꽂는 것이 가장 중요한 일이었는데 민시아는 누구보다도 유연하게 움직였고, 책장과 책장 사이를 재빨리 이동했다. 도망가기 초능력자에게 어울리는 아르바이트라고 할 수 있었다. 민시아는 틈이 날 때마다 책장에 기대서서 책을 읽었다. 다양한 분야에 대한 관심, 짧은 시간을 쪼개 쓸 줄 아는 배분 능력, 순간적으로 몰두할 수 있는 집중력, 이 세 가지를 모두 가진 민시아였기에 가능한 독서였다.

"하도수라는 사람 알아? 명함이 특이하네."

민시아가 탁자 위에 있던 명함을 집어 들었다.

"처음 들어보는데?"

공상우는 컴퓨터의 비밀번호 풀기를 포기하고 옆에 있던 태블릿에 집중했다. 태블릿 역시 비밀번호로 잠겨 있었다.

"다른 설명은 없고 회사 이름만 적혀 있는데, 회사 이름이 'A-Eye'야. 아티피셜 아이."

"아티피셜 아이? 그게 무슨 뜻이야?"

"아무래도 A.I.Artificial Intelligence를 패러디한 것 같은데? 인공 안구? 의안 만들어주는 회사인가?"

"다른 명함은 없어?"

"탁자 위에 명함 하나만 딱 올려져 있네. 내가 형사 흉내 내볼까?"

"그래, 민 형사. 읊어봐."

"현장의 상태는 일상적이라고 할 수 있겠군. 급하게 짐을 챙겨서 나간 흔적도 없고, 그렇다고 작심하고 먼 여행을 떠난 것 같지도 않아. 만약 그렇게 꾸미고 싶었다면 굉장히 주도면밀한 놈인 거지. 우리가 아는 재이라고 할 수 없어."

"재이를 모르는 상태에서 추리해야지. 형사라며."

"아, 그렇지. 음……, 사물이 놓인 형태와 방향이 너무나 완벽해서 뭔가 큰일이 일어나기 직전이라고는 상상할 수 없는 공간인 건 확실해. 내가 도서관에서 근무해본 바에 의하면 말야, 여러 사람이 꽂아놓은 도서관의 책들은 들쭉날쭉하지만 묘하게 안정적이거든. 여러 사람이 여러 시간에 걸쳐 도서관의 책장을 안정적으로 유지한 거지. 반대로 도서관 사서가 정리해둔 가지런한 책장은 깔끔하긴 하지만 뭔가 인공적인 냄새가 나. 이곳에 놓인 사물들은 아주 오랜 시간 집주인의 생활 패턴과 움직임에 의해 자연스럽게 형성돼 있는 게 느껴져. 아주 자연스러워. 그렇다면 이곳의 사소한 단서가 중요하게 작용할 수도 있다는 것이지. 예를 들면 이런 명함 말이야. 이런 명함이 아무렇지 않아 보일 수도 있지만 이 방의 주인이 겪은 최근의 사건을 그대로 대변해주는 단서거든. 다른 명함은 보이지 않고 오직 이 명함이 탁자에 놓여 있다는 것은, 가장 최근에 만난 사람이 바로 이 사람이라는 증거라고 할 수 있어."

"오, 민시아 형사. 그럴듯한데? 그런데 형사라기보다는 옛날 옛적 탐정 느낌이야."

"그래, 그러잖아도 형사보다는 탐정이 더 멋지다고 생각했어."

"네가 한 말 설득력 있어. 어차피 컴퓨터나 태블릿은 비밀번호로 잠겨 있으니까, 그 사람을 만나보자. 이름이 뭐라고?"

"하도수."

공상우가 민시아에게서 명함을 받아 들었을 때 전화벨이 울렸다. 정인수였다.

"공상우, 뭐 좀 찾았어?"

"아니 특별한 건 없어. 너는?"

공상우가 명함 뒷면을 보면서 대꾸했다. 명함 뒤에는 회사의 주소가 영문으로 적혀 있었다. 서울 중심가였다.

"시간표를 보고 있었어."

정인수가 집중할 때 나오는 특유의 딱딱한 목소리로 말했다.

"무슨 시간표?"

"아카데미 극장 상영 시간표."

"상영 시간표도 목요일에 멈춰 있겠구나?"

"그렇지. 목요일에는 총 다섯 편의 영화가 상영될 예정이었고, 재이가 본 건 세 번째 영화야. 〈사보타주〉라는 영화인데 상영 시간이 76분이야. 짧지? 요즘엔 세 시간 넘는 영화들도 있는데. 그 이전에 상영된 〈파괴 공작원〉은 108분이고, 또 그 이전에 상영된 〈구명보트〉는 96분이야."

"음……, 지금 얘기한 시간들에 어떤 의미가 있는 거야?"

"의미?"

"지금 나한테 상영 시간을 다 알려줬잖아. 어떤 의미냐고."

"모르지, 나도. 상영 시간에 의미가 있는지는 모르겠지만, 이렇게 숫자를 소리 내어 읽으면 잘 외워지거든."

"의미가 없으면 뭐 하러 외우는데?"

"그냥 외우는 거야. 의미가 있든 없든. 네 번째 영화는 좀 길어. 130분. 〈레베카〉라는 영화야. 마지막 다섯 번째는 〈오명〉이라는 영화인데, 101분. 101분, 마음에 드네. 101이라는 숫자 좋지 않아?"

"어째서?"

"디지털스럽기도 하고 균형도 잘 맞고."

"아무튼 너도 특별한 걸 찾은 건 없는 거네?"

"극장은 들어가지 못하게 경찰이 다 막아놓았고, 지금 유진이 뭘 좀 알아보러 갔어."

"우리도 뭘 하나 찾았는데, 서울에 다녀와야 할지도 모르겠어. 더 발견하게 되면 연락할게."

"오케이, 좋았어. 우리 뭔가 신나는 거 같지 않냐? 무전기 같은 거라도 살 걸 그랬나 봐."

"인수야, 무전기보다 휴대전화가 훨씬 잘 터지니까, 다른 생각 하지 말고 유진 옆에 딱 붙어서 도와줘."

"걱정 마. 내가 101의 숫자 1이 되어서 동그란 유진을 앞뒤로 잘 보호할게."

"그래, 글자 간격을 좀 넓찍하게 잡아. 유진은 간섭받는 거 싫어하니까."

"충고 고마워. 엇, 유진 왔다. 끊을게."

정인수는 전화를 끊고 건물에서 나오는 유진에게로 갔다. 유진은 가방에 매달린 인형들을 두 손으로 만지작거리면서 걸어오고 있었다.

"알아냈어?"

정인수가 물었다.

"응. 형사 한 명이 극장에서 나왔고, 극장 주인에게 말하는 걸 봤어. 병원으로 간댔어."

"병원? 어떤 병원?"

"그날 사고로 다친 사람이 두 명 있다는 기사 봤지? 그중에 한 명일 거야. 입 모양으로 어떤 병원인지는 알아냈으니까, 우리도 일단 그쪽으로 가보자. 형사가 심문을 끝내고 나면, 우리가 들어가서 형사가 뭘 궁금해하는지 알아내는 거야."

"역시 유진이야. 그런데 넌 숫자 101을 생각하면 뭐가 떠올라?"

"101?"

"응, 101."

"쌍엽기?"

"쌍엽기가 뭐야?"

"1차 세계대전 영상 보면 날개가 아래위로 달린 거 있잖아. 가운데 몸통이 있고. 그걸 90도 돌리면 101처럼 보여."

"아, 그거랑도 비슷하네."

"넌 무슨 생각 했는데?"

"아냐, 늦겠다. 병원으로 가자. 병원 이름이 뭐야?"

정인수는 유진이 불러준 병원 이름을 검색해서 버스 노선표를 확인했다. 아홉 정거장 거리였다. 버스 안에서 유진은 눈을 감고 있었다. 정인수는 심심했고, 말을 걸고 싶었지만 그럴 수 없었다. 유진이 눈을 뜨면 토할 수도 있었다. 너무 많은 시각 정보가 유진을 괴롭게 할 것이다. 움직이는 것들에 예민한 유진의 특성을 잘 알고 있어서 말을 걸 수 없었다. 정인수는 창밖으로 달리고 있는 자동차들의 번호판 숫자들을 속으로 읽으면서 심심함을 달랬다.

병원에서는 유진의 초능력이 제대로 발휘됐다. 유진은 형사와 김기안이 나누는 대화를 멀리서 보았다. 유진이 볼 수 있는 것은 병상에 누워 있는 김기안의 얼굴뿐이었지만 정지 시력을 이용해 김기안의 입 모양을 클로즈업해서 볼 수 있었고, 어떤 이야기를 하는지 대충 알 수 있었다.

"뭐래? 무슨 이야기 하고 있어?"

정인수는 유진을 방해하고 싶지 않았지만 심심함이 극에 달해서 어쩔 수 없었다. 유진은 아무런 답도 하지 않고, 보는 것에 집중했다.

"재이 이야기도 해?"

정인수가 다시 물었지만 유진은 대답하지 않았다. 대신 손으로 날벌레를 쫓는 듯한 행동을 했다. 조용히 좀 있으라는 수신호였다. 정인수는 풀이 죽어 병원의 대기 번호 현황판을 보았다. 256번이 떴고, 누군가가 일어나서 접수 창구로 갔다. 257번, 258번, 숫자가 깜빡이는 걸 보는 게 좋았다. 형사는 30분 넘게 김기안과 이야기를 나누었고, 유진 역시 전혀 움직이지 않았다. 정인수는 유진의 그런 능력이 놀라울 뿐이었다. 단 1초도 한눈팔지 않는 집중력과 끈기는 초능력이라고 할 만했다.

형사가 자리를 뜨자 유진도 움직였다. 멍하니 숫자를 바라보던 정인수는 깜짝 놀라서 유진을 따라갔다. 유진은 병실을 향해 성큼성큼 걸어갔다. 제지하는 사람은 아무도 없었고, 병실을 지키는 사람도 없었다. 위중한 상태나 안전을 확보해야 할 만큼 추가 위험이 있는 환자가 아니라는 뜻이었다. 유진은 김기안 앞에 가서 섰다. 김기안은 환자용 침대를 뒤로 젖히려다 멈췄다.

"폭탄이 터지던 순간을 똑똑하게 기억하신다 그랬죠?"

유진이 다짜고짜 물었다.

"뭐? 무슨 소리를 하는 거냐?"

김기안의 나이는 예순여덟 살이었는데, 대답하는 목소리가 아흔 살도 넘게 느껴졌다. 형사에게 이야기를 하면서 그날의 목소리 에너지를 모두 써버린 듯했다.

"아까 형사한테 그랬잖아요. 폭탄이 터진 순간을 기억한다고."

"그걸 네가 어떻게 알아?"

"그게 중요한 게 아니고요. 제 친구가 그 극장 안에 있었어요."

"그래? 친구? 누구였을까? 아까 형사한테도 얘기했지만 극장 앞쪽에 김기안 자리라고 있거든. 그 자리가 나의 고정석이기 때문에 뒤에 누가 앉았는지는 잘 몰라."

"누군가가 부축을 해줬다고 했잖아요."

"그랬지. 누군지는 모르지만."

"이 사람 아니에요?"

유진은 들고 있던 재이의 사진을 김기안에게 내밀었다. 회색 점퍼를 입고 인상을 쓰고 있는 사진이었다. 재이는 사진 찍는 걸 좋아하지 않았기 때문에 웃는 사진이 거의 없었다. 그나마 가장 잘 나온 사진이었다.

"글쎄다. 내가 워낙 경황이 없어서 누가 날 부축했는지 얼굴을 못 봤어. 뭐, 자세히 보니까 닮은 것 같기도 하고, 아닌 것 같기도 하고."

"목숨을 구해줬는데, 얼굴도 기억 못 한다고요?"

"경황이 없었다니까. 펑, 하는 소리가 나더니 스크 린이 불타는데⋯⋯, 나는 하나님의 심판 날인 줄 알았 어. 세상의 죄들이 영화 속에 다 들어 있으니까 스크 린을 불태우는 걸로 우릴 벌하시는 줄 알았지. 주여, 그 짧은 순간에 나는 인류의 역사를 다 봤어. 불 속에 서 영상이 어른거리는데 천지창조에서부터 인류의 멸 망까지 빠른 순간에 다 지나가더라."

"불 속에서 인류 역사를 볼 시간 쪼개서 누가 자기 를 돕고 있는지 봤으면 참 좋았을 거 같네요."

"너 어른한테 말버릇이 그게 뭐냐?"

"둘 다 성인인데 그런 게 무슨 상관이에요. 극장 밖 으로 나와서는 어디 계셨어요?"

"극장 앞 공터에 널브러져 있다 보니까 구급차가 왔 지. 그걸 타고 병원으로 왔고."

"〈파괴 공작원〉 상영할 때 들어오거나 나간 사람은 없다고 했죠?"

"응, 그랬지."

"그럼 〈파괴 공작원〉이랑 〈사보타주〉 사이 휴식 시

간에는 뭐 하셨어요?"

"너 꼭 형사처럼 물어본다?"

"그럼 할아버지도 형사한테 말하듯이 공손하고 자세하게 말해보세요."

"너는 형사가 아니잖아."

"저는 형사한테 말할 때보다 형사 아닌 사람에게 말할 때 더 공손하고 자세하게 말해요."

"별난 아이일세. 너 몇 살이냐?"

"휴식 시간에 뭐 하셨냐고요."

"형사한테 다 말했다시피 휴식 시간에는 휴게실에 앉아서 담배를 한 대 피우지. 그리고 아카데미 사장이 모아놓은 수집품들 구경도 하고. 너 거기 안 가봤지? 신기한 수집품이 많아."

"관심 없고요. 전 구역 금연 아니에요?"

"아카데미는 그렇게 빡빡하지가 않아. 끌라식 영화를 상영할라믄 그 정도는 돼야지. 내가 젊은 시절에는 말야, 담배를 물고 클린트 이스트우드 영화를 봤다 이 말씀이야. 시가였으면 더 좋았겠지만, 그래도 폼 내면서 봤지. 요새는 낭만이 다 죽었어."

"그게 무슨 낭만이에요, 민폐지."

"아이구, 너하고 얘기했더니 여기가 또 아프다. 얼른 가, 더 할 말 없으니까."

"휴게실에서는 혼자 계셨어요?"

"남자애가 한 명 더 있었지. 담배는 안 피우고 수집품을 자세히 들여다보더라고. 걔는 자동차를 좋아하는 것 같더라. 호오, 호오, 연신 감탄을 하면서 보더라니까. 여기 아카데미 사장이 영화에 등장한 자동차 모형도 많이 모아뒀거든. 히야, 그거 참 퀄리티가 좋아. 감탄할 만하지, 잘 만들었어."

"다음 영화 시작할 때까지 계속 같이 있었어요?"

"글쎄, 그랬나? 그랬던 것 같기도 하고. 모르겠다. 더 궁금한 게 있으면 나보다 한 살이라도 어린 그 조각가 선생한테 가보든가."

"그 사람도 이 병원에 있어요?"

"오늘 아침에 퇴원했지. 형사님도 거길 간다고 했으니까 얼른 가면 만날 수 있겠네. 가서 공손하게 이야기하는 법 좀 배우고 와라."

"그 조각가 이름이 뭐랬죠?"

"뭐라더라, 기온인가, 기원인가, 아, 지원인가? 모르겠다, 지온 같기도 하고."

"제대로 아시는 게 하나도 없네요."

"야야, 얼른 가라, 할아버지 아프다. 간호사 부르기 전에 썩 꺼져."

유진은 코웃음을 '흥' 하고 과장되게 내더니 돌아섰다. 정인수는 한발 뒤에 서 있었지만 유진의 기에 눌려 한마디도 하지 못했다. 유진이 병원을 나서자 정확한 간격을 유지하며 그 뒤를 따라갔다.

"너 왜 그렇게 무섭게 말해? 저 할아버지, 아는 사람이야?"

정인수가 조심스럽게 물었다.

"아니, 오늘 처음 봐."

유진이 별것 아니라는 듯 답했다.

"너 되게 무서워."

"그냥……, 나는 나이 든 할아버지가 싫어."

"왜 싫어?"

"무례하잖아."

"어떤 게 무례해?"

"아까도 날 보고 그랬잖아. 몇 살이냐고, 별나다고. 나에 대해 뭘 안다고 별나대?"

"너 무서워."

"몰랐어? 나 원래 그래."

유진은 웃으면서 버스 정류장으로 향했다. 김기안에게서 얻어낸 정보는 별로 없었다. 스크린에 불이 붙었고, 모두 허겁지겁 밖으로 나왔고, 두 사람이 다쳤지만 한 사람은 이미 퇴원했고, 한 사람은 아픈 데 없이 이번 기회에 병원에서 좀 쉬려는 것 같고, 종합해보자면 사건은 일어났는데 피해자는 없다. 불을 지른 사람은, 그러니까 폭탄을 터뜨린 사람은 누구일까. 모든 의혹을 뒤로하고 재이만 사라졌을 뿐이다. 유진은 재이의 실종을 경찰에 알려야 할지 말아야 할지 판단이 서질 않았다. 돌아가면 친구들과 그 문제에 대해 상의해봐야겠다고 생각했다.

정인수의 주머니에 있던 휴대전화가 진동했다. 전화기 화면에는 이지우의 이름이 떠 있었다.

"응, 지우야."

정인수가 전화를 받았다.

"우리가, 계속 살폈어, 자동차하고 여기 있는 사람들, 운전석이랑 자동으로 움직이는 걸 살폈는데……."

"뭘 찾아냈어?"

"재이에 대한 이야기, 재이가 여기 와서, 며칠 전에도 자동차를 타보고, 사람도 만났는데, 재이가 궁지에 몰려서 그런 것인지도 모른다고, 누가 이야기를 했어."

"누가?"

"올 수 있어, 여기로? 여기는 자율 주행 자동차 박람회장이야."

"갈 수 있어. 지금 갈게."

정인수는 전화를 끊고 유진에게 이지우의 말을 전했다. 파편적인 이지우의 말을 잘 그러모은 다음 정리해서 알려주었다. 토요일 오후가 되면서 사람들이 거리로 몰려나오기 시작했다. 박람회장에는 아마도 더 많은 사람이 있을 것이다.

7

이기영은 자신이 보고 있는 풍경이 믿기질 않았다. 온갖 철근 구조물들이 가지런히 쌓여 있는 공간이 있는가 하면, 한쪽에는 오래된 타자기들이 수백 대 쌓여 있고, 또 다른 공간에는 브라운관 텔레비전이, 어떤 공간에는 자동차의 폐자재들이 모여 있었다. 거대한 쓰레기장처럼 보이는 공간이 있는가 하면 미래 도시의 쓸쓸한 풍경처럼 보이는 장소도 있었다. 멀리서 보면 서로 다른 시대가 잘못 결합된 대도시 같은 느낌이었다. 이기영은 서서히 공간에 압도당했다. 한참을 걸어가서야 사무실 밖 작업장으로 나온 홍지온을 만날 수 있었다.

홍지온은 예술가라기보다 운동선수 같은 인상이었다. 두 눈썹은 팽팽하게 당겨진 활처럼 휘었고, 쌍꺼풀이 진한 눈은 강렬하다기보다 조금 멍해 보이는 느낌이었다. 40대 후반의 나이였지만 청년처럼 보이는 구석이 많았다. 콧날은 날카로웠고, 얼굴형은 전체적으로 둥글었지만 턱선만큼은 날렵했다. 자기주장이 강할 것 같진 않아도 한번 정한 목표는 끝까지 해치울 것 같은 인상이었다. 과묵하지만 단단해 보이는 표정이 이기영에게 약간의 믿음을 주었다.

"전화드린 이기영 형사입니다. 이렇게 빨리 퇴원해도 괜찮으세요?"

이기영이 손을 내밀어 악수를 청했다.

"아, 예. 작업장이 누추해서 어쩌죠? 몸이야 뭐 다친 데도 없는걸요. 해야 할 일도 많고 해서."

홍지온이 손을 맞잡았다.

"아, 역시, 조각을 하신다고 들었는데, 손에 굳은살이 많네요."

"직업병 같은 거죠. 장갑을 끼면 좋은데 장비들이

손에 닿는 촉감을 좋아해서 어쩔 수가 없네요."

홍지온은 비어 있는 의자를 가리켰다. 이기영은 주변을 두리번거리면서 천천히 의자에 앉았다.

"바쁘신데 시간 내주셔서 감사합니다. 몇 가지 여쭤보고 싶은 게 있어서요."

"예, 도와드려야죠."

"경찰서에서 진술하신 걸 읽어봤는데요, 바로 앞에서 펑, 하고 터지는 소리를 들으셨다고요?"

"예, 그랬죠. 그때도 말했지만 상영되던 영화가 히치콕의 작품이어서 꽤 긴장을 하고 있었거든요. 폭탄이 터질락 말락 하고 있어서 온몸을 움츠리면서 보고 있었는데, 갑자기 펑, 하는 소리가 나서 깜짝 놀랐습니다."

"상처는 어떤가요?"

"솔직히 말씀드려서 저는 죽는 줄 알았어요. 제 코 앞까지 열기가 확 뻗쳤거든요. 다행스럽게도 파편이 좀 뛴 거랑 의자 밑으로 떨어지면서 입은 타박상 말고는 괜찮습니다. 하늘이 도왔죠."

"다행입니다. 영화 볼 때는 주로 앞자리에 앉으십니까?"

"네, 앞자리라기보다는 비상구에 가까운 자리에 앉죠. 이런 말씀은 좀 그렇긴 한데, 제가 오줌보가 좀 작아요. 화장실을 자주 가야 해서 어쩔 수가 없습니다. 영화를 보다가도 가야 할 때가 가끔 있거든요. 제가 고전 영화를 좋아하는 이유도 그겁니다. 옛날 영화들은 전부 짧거든요. 제 오줌보에 맞춰서 영화를 만든 것 같아요. 요즘 영화들은 재미도 없으면서 뭐 하러 그렇게 길게 찍는지 모르겠어요. 그런 게 다 낭비인데 말이죠. 한 번 쓰고 버리는 플라스틱처럼 영화도 그런 식으로 만든단 말이에요. 솔직히 말씀드려서 그런 영화들이야말로 쓰레기죠, 쓰레기. 재활용도 불가능한 쓰레기."

이기영은 홍지온이 말하는 걸 들으면서 과묵하지만 단단해 보인다는 그의 첫인상을 수정했다.

"영화 보기 전에는 꼭 화장실에 가시겠군요?"

"네, 그럼요. 아카데미 극장의 위생 상태가 좀 열악하긴 하지만 화장실 비누는 괜찮은 걸 씁니다. 영화 보기 전에 화장실에서 일 보고 깨끗하게 손 씻고 가글 한 번 하고, 그게 저의 루틴이죠."

"음료수는 안 드시겠군요."

"무리죠, 무리. 상영 시간이 80분 미만인 영화라면 도전해보기도 합니다만."

"그런 영화가 많나요?"

"그럼요. 옛날 영화 중에는 짧은 게 많습니다. 한번 취미를 붙여보세요. 형사 나오는 영화 중에도 좋은 게 많습니다."

"영화에서까지 형사를 보고 싶지는 않네요."

"하하. 네, 그러시겠네요."

"사고가 있던 날에는 영화 상영 도중 화장실에 가셨나요?"

"아뇨. 워낙 짧은 영화였고, 갑자기 폭탄이 터졌으니……."

"네……, 그랬군요. 영화 상영 도중에 뭔가 기억나는 일은 없었습니까? 김기안 씨에게 물어보니 기억을 전혀 못 하시더라고요."

"그 할아버지요? 아, 진짜. 솔직히 제가 이런 말씀까지는 안 드리고 싶은데 말이죠, 영화 볼 때 얼마나 쿵쿵대는지 몰라요. 극장에서 가끔 마주치는 사이니까 대놓고 뭐라고 말도 못 하고, 본인은 자기가 무슨 소리를 내는지도 잘 몰라요."

"그날도 그랬나요?"

"그랬죠. 그 할아버지 영화 볼 때 버릇이 있어요. 등받이에 등을 기댔다가 영화가 하이라이트로 달려가면 킁킁대면서 몸을 앞으로 쭉 빼는데……. 거참, 무슨 개 새끼도 아니고. 아, 그분이 개새끼라는 건 아니고, 제 말은, 강아지 같아 보인다 그런 말씀이에요. 제가 솔직히 원래는 남의 험담 같은 건 잘 안 하는 사람이거든요."

"네, 그러신 것 같습니다. 저게 선생님 작품인가요?"

이기영은 작업장에 세워진 커다란 구조물을 가리켰다. 폐차된 자동차의 골격을 세로로 세운 다음 다양한 부품들을 이용해서 자동차가 움직이는 모습을 형상화한 것이었다.

"지금 작업하고 있는 작품입니다. 〈죽은 자동차의 영혼은 시속 몇 킬로미터인가〉."

"네?"

"제목입니다. 작품 제목."

"아⋯⋯, 제목이군요. 저는 뭐 이런 예술 작품에는 워낙 문외한이라서요."

"겁먹지 마세요. 예술에는 문외한이란 게 없습니다. 그냥 보고 각자의 느낌을 간직하면 되는 거예요. 느낀 걸 말해도 되고, 하지 않아도 되고. 완성은 아니지만 저 작품을 보고 뭔가 떠오르는 게 있나요?"

"위태롭다?"

"흠, 위태롭다. 또?"

"생존자가 있을까?"

"생존자요?"

"어쩐지 벼랑 위에서 사고로 떨어진 자동차 같아서요."

"야, 역시. 형사라서 접근 자체가 다르네요. 좋습니다, 좋아요. 제목을 이렇게 할까 봐요. '낭떠러지에서 죽은 자동차의 영혼은 시속 몇 킬로미터로 솟구치는가.'"

"예, 제목이야 뭐 알아서 하시고요. 대체 극장에서 왜 폭탄을 터뜨렸을까요?"

"아, 그게 폭탄인 것으로 판명이 났습니까? 글쎄요,

폭탄 테러라는 게 흔하지는 않지만 아주 없는 일도 아니니까요. 관심 받고 싶어서 안달이 난 미치광이일 수도 있고요. 어쩌면, 이건 저의 과도한 상상이긴 한데요, 의심 가는 사람이 없지는 않습니다."

"누군데요?"

"아카데미 극장의 사장이요."

"극장 사장님이 왜요?"

"그날 영화 상영 중간에 사장님이 이벤트 했다는 이야기 들으셨나요?"

"예, 들었습니다. 영화에서 정전되는 순간에 극장의 불도 꺼버리셨다고."

"그렇죠. 그분이 묘한 사람이거든요. 그런 괴상한 이벤트를 한다는 게 일단 이상하잖아요. 그런데 말이죠, 더 이상한 일이 뭔지 아세요? 왜 폭탄이 터지는 영화를 상영하고 있을 때 펑, 하고 폭탄이 터지느냐는 말이죠. 두 번째 이벤트인지도 모릅니다."

"자기 극장을 터뜨린다고요?"

"보험에 들었는지 좀 알아보셨나 모르겠네요. 자해 공갈단처럼 자기 극장을 폭파하는 공갈범일 수도 있잖아요."

"네……, 참고하겠습니다."

"아, 그러고 보니 영화 도중에 누가 나갔던 게 기억나네요."

"그래요?"

"제 뒤쪽에 앉은 젊은 남자였는데요. 극장에서 가끔 보는 얼굴이긴 한데 이름은 모르고요. 영화 시작하고 한 20분 지났나? 그렇지, 사장이 이벤트 설명한다고 들어왔다 나간 다음에 한 10분 지났으니까……. 제 옆에 있는 비상구로 나가더라고요. '아이고, 젊은 놈이 벌써부터 오줌보가 저렇게 작아서야 어디……' 이런 생각을 했거든요. 그래서 기억이 납니다."

"다시 돌아왔고요?"

"글쎄요, 그건 기억에 없는데요? 집중하느라 그런 걸 신경 쓸 겨를이 없었죠. 영화가 재미있었습니다. 역시 옛날 영화들이 수준이 높아요."

이기영은 주머니에서 김용이 적어준 좌석 배치도를 꺼냈다. 홍지온의 뒤쪽이라면 E9일 가능성이 높았다. 그 자리에는 '일주일에 한 번 오는 청년'이라고 적혀 있었다. 극장 대표는 그 청년의 이름은 알지 못하지만 사거리에 있는 편의점 아르바이트 직원과 아는 사이인 것 같다고 했다. 이기영은 오전에 편의점에 다녀왔다. 아르바이트 직원은 몇 주 전에 그만두었다. 이름은 알아두었다. 민시아.

"이런 작품들은 어떤 사람이 삽니까?"

이기영이 자리에서 일어나며 물었다.

"다양하죠. 관공서에서 공원을 꾸미기 위해 구입하는 경우도 있고, 개인 정원에 두는 사람도 있어요. 이상하죠?"

홍지온이 능글능글한 표정을 지으면서 말했다.

"잘은 모르지만 멋있는데요?"

"저는 그냥 부품들 갖다 붙이는 걸 좋아해서, 별생각 없이 하는데 평론가들이 그러더라고요. 홍지온의 작품은 말한다, 세상은 잘못 결합된 조립품이라고. 추악한 욕망들로 가득 찬 도시를 리셋하는 방법은 무엇일까? 그것은 바로 해체다. 모든 걸 원점으로 되돌린 다음 다시 조립해야 한다. 부품들을 쭈욱 나열해놓고 하나씩 하나씩 다시 맞춰 나가야 한다. 홍지온의 작품은 우리에게 묻는다. 당신은 해체할 준비가 되어 있습니까?"

"우와, 평론가들이 한 말을 다 외우고 계시네요?"

"뭔가 멋있어 보이잖아요. 제 작품을 그렇게 설명해주면 저는 고맙죠."

"작업하실 때 그런 생각도 하시는 겁니까?"

"해체요? 저는 그런 거창한 단어는 잘 모르겠고 그저 기계들이 삐걱대는 소리를 듣는 게 좋아요. 인간들이 탐욕적인 건 맞죠. 한번 쓰고는 다 버리니까요. 자동차도 조금 타다 버리고, 물건들도 조금 쓰다가 싫증 나면 버리고……, 지구가 부서져봐야 정신을 차릴 사람들이 많죠."

"그러면 그런 생각도 하시겠네요? 기계가 인간을 지배하고……. 〈매트릭스〉였나, 그런 영화 있잖아요."

"저는 요즘 영화는 잘 안 봅니다. 옛날 영화가 좋죠. 마음에 들면 작품 하나 사시겠어요?"

"제가요? 저는 이걸 사도 놓을 데가 없습니다. 아들 녀석 보여주면 좋아할 텐데, 그전에 널찍한 집부터 사야죠."

"나중에 필요해지면 말씀하세요. 싼값에 드릴게요."

"오늘 시간 내주셔서 감사합니다."

"저야말로 감사했습니다. 조심히 가세요."

이기영은 배웅 나온 홍지온과 인사를 나누고 난 다음 곳곳에 있는 작품들을 구경하며 작업장을 걸어 나왔다. 자동차로 만들어진 설치 작품이 많았다. 자동차 사고가 없다면 작업에 문제가 생길지도 모르겠다는 걱정이 들 정도였다. 어떤 작품은 자동차를 로봇으로 변신시키기도 했다. 바퀴가 있어야 할 자리에 로봇 팔과 다리 같은 철골이 박혀 있었다. 기괴했지만 그럴싸했다. 조각들을 바라보고 있는데 어쩐지 오싹한 기분이 들었다. 비가 오려는지 퀴퀴하고 습한 기운이 도시를 장악한 것 같기도 했다. 이기영은 서둘러 휴대전화를 꺼내서 홍지온의 작품 몇 개를 촬영했다. 집에 돌아가면 최근 변신 로봇에 푹 빠져 있는 아들에게 보여줄 생각이었다. 작품을 찍어도 되는지 물어볼 겸 홍지온이 있는 쪽을 돌아보았는데, 이미 그는 사무실로 들어간 후였다.

8

나는 자동차에 대해 잘 알지 못한다. 자동차라는 기계 자체를 혐오한 적도 있다. 자동차를 좋아하게 된 계기는 간단하다. 아버지라고 불러야 했던 그 인간이 교통사고로 죽었다는 소식을 들었을 때 나는 자동차를 좋아하기로 마음먹었다. 횡단보도를 건너다 뺑소니를 당했다고 했다. 나는 사람이 아니라 자동차가 그 인간을 죽였다고 생각하기로 했다. 시신은 보지 않았다. 굳이 내 기억 속에 처참한 잔상을 남길 필요는 없다. 사라졌다는 사실만으로도 기뻤다. 엄마는 진심으로 우는 것 같았지만 마음 한구석에는 나와 비슷한 감정이 있을 것이라고 믿는다. 분명히 그럴 것이다. 사람들 앞에서 겉으로 내색하지는 않았다. 웃고 있는 모습을 보이지는 않았다. 그렇지만 마음속으로는 크게 웃었다. 평생 자동차를 사랑해야지. 이렇게 초클의 공식 기록지에라도 마음을 적어두니까 속이 시원하다.

운전면허를 딸 생각은 하지 않았다. 자동차는 바깥에서 봐야 아름다운 법이다. 그 안에 들어가서 함께 많은 일을 겪으면 아름다움 같은 건 금방 소멸되고 말 것이다. 지긋지긋해질 것이고, 그래서 자동차를 싫어하게 될 것이다. 가족 같은 존재가 되는 순간 모든 게 끝장날 것이다. 나는 도로를 질주하는 아름다운 자동차를 보는 게 좋다.

자율 주행 자동차 박람회장 문을 열고 들어갔을 때 내가 정신을 잃을 정도로 마음을 빼앗긴 건 어쩌면 당연한 일이었다. 아름다운 자동차들이 어찌나 많은지 잠깐 방향감각을 상실했고, 천국에 도착한 듯한 기분까지 들었다. 재이는 이렇게 좋은 곳을 혼자만 알고 있었단 말이지. 아니다, 실은 친구들에게 같이 가자고 여러 번 말을 했지만 아무도 듣는 사람이 없었을 뿐이다. 나 역시 그랬고. 재이는 가끔 자동차 이야기를 했는데, 주로 기술적인 부분에 대해서였다. 관심 가질 만한 대목은 전혀 없었다. 함께 간 이지우는 자동차에 아무런 관심이 없었기 때문에 부지런히 재이의 행방을 찾으려고 애를 썼지만 나는 잠깐 목적을 잃어버렸다.

나는 아름다운 자동차 사이를 헤집고 돌아다니면서 여러 개의 전시 공간을 구경했다. 전시장을 안내하는 사람이 직접 승차해볼 수도 있다면서 꼬드겼지만 나는 절대 넘어가지 않았다. 아름다운 자태만 감상했다. 대부분의 자율 주행 자동차들은 인간이 모는 자동차와 디자인이 전혀 달랐다. 인간과 자동차는 분리되어 있었다. 자동차는 스스로 알아서 움직이고, 인간은 알아서 자동차 안에서 자기 할 일을 할 수 있도록 공간이 구성되어 있었다. 나는 그게 옳은 방식이라고 생각한다. 앞으로는 자동차와 인간이 사이좋게 지낼 수 있을 것이다. 나 같은 사람들도 언젠가는 편안한 마음으로 자동차를 살 수도 있겠지. 자동차를 이용하긴 하지만 자동차와 아주 가까워지지는 않는, 서로 존경심을 보여줄 수 있는 관계가 가능할지도 모르겠다.

오늘 나는 '미래'라는 단어를 자주 보았고, '새로운'이라는 형용사를 질릴 때까지 들었고, '혁신'이라는 말로 나를 세뇌하려는 사람들에게 지쳤다. 그 어떤 날보다 피곤했다. 내가 아름다운 자동차 사이를 헤매고 다닐 때 이지우는 놀랍게도 재이의 흔적을 찾아냈다. 나의 초능력은 일시 정지 상태가 됐고, 그 틈을 타서 이지우가 재이의 이름을 들었다.

거대한 자동차 회사의 전시장 사이에 끼어 있는, 고층 빌딩 옆의 볕이 잘 들지 않는 낮은 오두막 같은 느낌의 작은 공간에 '보험 탐정'이라는 간판이 달려 있었다. 거기서 몇 명이 이야기를 나누고 있었는데 누군가가 재이의 이름을 말했고, 멀리서 지나가던 이지우가 그걸 들었다. 이지우, 너를 내 초능력의 수제자로 받아 주겠어.

'보험 탐정'이라는 직업은 나도 오늘 처음 들었다. 안내 책자에는 이렇게 적혀 있었다.

오픈 소스 형태의 자율 주행 시스템은 아직 안전하지 않습니다. 교통사고의 빈도가 줄어들었다고 해도 당신이 사고를 당하면 그 확률은 100퍼센트. 자율 주행 모드 중의 사고, 여러분은 누구를 탓하겠습니까? 블랙박스로도 밝혀낼 수 없는 사고의 비밀, 누구의 잘못이 가장 큰가에 대한 시시비비, 보험 탐정이 모두 밝혀드립니다. 지금 바로 상담하세요.

우리는 상담하는 척하고 남자에게 말을 걸었다. 보험 탐정의 주고객은 우리 같은 일반인이 아니라 중소 자동차 제작소, 자율 주행 시스템의 납품 업체였지만 너무 한가했던 담당자는 우리의 말을 잘 들어주었다. 대화를 대충 옮겨둔다.

"보험 탐정이면 탐정처럼 조사하고, 트렌치코트 같은 옷 입고, 막 다니면서 뒤를 밟고 그러는 거예요?"

말투만 적어도 누군지 알겠지? 맞다, 이지우다. 나는 사람들 대화를 옮기는 데도 재능이 있는 것 같다. 대화에 솜씨 좋게 끼어드는 재능은 없는 것 같지만.

"아, 보험 탐정이 궁금하세요? 누추하지만 여기 편히 앉으시고요, 뭐 마실 거라도 드릴까요?"

담당자가 말했다. 남자의 이름은 이리라고 했다. 어쩌면 동물의 이름을 가졌기 때문에 이지우의 청력이 예민해진 것인지도 모른다.

"네, 아뇨, 괜찮아요. 서 있을게요. 사람을 찾고 그러는 일도 하고, 보험이면, 비밀을 밝혀주는, 그런 일이잖아요."

"그럼요. 그럼요. 비밀을 밝히는 정의로운 일이죠. 저희는 주로 사고 현장의 비밀을 밝히는 일을 합니다. 자, 고객님이 자율 주행 자동차를 타고 가다 사고가 났다고 생각해보세요. 자동차를 구입한 곳에 손해배상을 요구하겠죠? 그럼 자동차를 판 놈들은 뭐라고 하는 줄 아세요? '아, 저희 자동차는 완벽합니다. 혹시 수동 모드로 바꾼 거 아니에요? 고객님의 과실로 인한 사고라고 생각되네요.' 고객님은 아니라고 하겠죠. 아니라고 해야 해요. 그러면 또 뭐라고 하는 줄 아세요? '아, 저희가 확인해보니 라이다LIDAR 오류예요. 참고로 라이다란 레이저광선으로 주변을 인식하는 시스템인데요. 고객님도 그 정도는 아시죠? 자율 주행 자동차의 충돌은 라이다가 문제인 경우가 많아요. 이럴 경우에는 센서를 만든 회사에 책임이 있으니까 고객님께서는 그쪽으로 손해배상을 청구하셔야 합니다. 저희가 라이다 회사 쪽으로 연결해드릴 수는 있지만 사고에 대한 책임은 법률적으로 지지 않도록 되어 있다는 점 알아주셨으면 감사하겠습니다. 더 궁금하신 것 있으세요?' 이딴 식으로 응대를 하겠죠. 그 말을 듣고 센서 회사 쪽으로 가면 뭐라고 하는 줄 알아요? '고객님, 문의해주신 내용을 확인해봤는데요. 안타깝게도 저희 센서는 절대로 오작동을 일으키지 않습니다. 고객님의 차량에는 무려 스무 개의 라이다 센서가 달려 있는데요. 아마도 라이다를 컨트롤하는 시스템 오작동이 아닌가 싶습니다. 자동차 판매 업체에 문의하셔야 해요. 고객님, 더 궁금하신 점은 없으신가요?' 더 궁금해도 절대 얘기해주지 않겠다는 말투 알죠? 그렇게 탁구공처럼 왔다 갔다 하다 보면 힘이 빠지게 되어 있는데, 놈들은 그걸 노리는 겁니다. 그럴 때 필요한 게 뭐다? 바로 보험 탐정이다. 저희는 사고 현장에 남아 있는 모든 증거들을 총체적으로 파악해서 고객님의 잘못, 자동차 회사의 잘못, 라이다 회사의 잘못, 피해자의 잘못을 정확하게 퍼센티지로 알려드립니다. 보험회사 놈들의 가장 큰 문제가 뭔지 아세요? 사고를 낸 가해자가 고의인지 과실인지 밝혀내야 할 의무가 누구에게 있는 줄 아세요? 피해자에게 있어요. 피해자가 식물인 간이 돼 있으면 그걸 누가 밝혀냅니까? 보험회사는 그런 걸 다 알고 있으면서도 절대 바꾸지 않죠. 피해자를 대변해줄 수 있는 진정한 친구는 누구다? 바로 보험 탐정이다. 깔끔하죠?"

짝짝짝. 대단하다. 내가 생각해도 내 능력이 놀랍다. 모두 정인수 덕분이다. 대화를 외우는 능력, 숫자를 기억하는 능력에 대한 특강이 제대로 먹혔다. 이 정도 길이의 대화는 거의 그대로 되살릴 수 있다.

"네. 우와. 대단하게 엄청나고, 중요한 일을 하시는 분이네요. 멋진 설명이에요. 아. 그러면 제 친구도 그런, 비슷한 일을 하는 것 같던데, 혹시 재이라고 이름 들어보셨어요?"

이지우는 조심스럽게 접근했다. 이거야말로 이지우의 특기다. 동물에게 다가가듯 천천히, 겁먹지 않게, 스며들 듯 대화로 들어갔다.

"재이? 재이 알아요?"

"네, 제 친구, 우리 친구예요."

"아……, 친구시구나. 그럼 안녕히 가세요."

"네? 갑자기 왜 그러……."

"재이 친구면 이쪽하고는 적인데, 굳이 긴 얘기 하실 필요가 있겠어요? 재이가 무슨 일 하는지 잘 몰라요?"

"잘 몰라요."

"하긴……, 친구라고 다 아는 건 아니지. 재이가 프로그래밍 일 하는 건 알죠?"

"네."

"걔 전과 있는 거 알아요?"

"네."

"전과 내용이 뭔지도 알아요?"

"납치라고 했나, 인질이라던가, 랜섬 카라고 했던 거 같은데……."

"다 아시네. 누가 재이를 '화이트 해커'라고 부르던데, 난 안 믿어요. 보험회사에서 돈 받고 사건 조작하는 경우가 얼마나 많은 줄 알아요? 자율 주행 자동차 해킹 해서 증거 지워주면 건당 얼만 줄 알아요? 재이 정도 실력이면 그런 건 손바닥 뒤집는 것처럼 쉬운 일인데 그걸 안 맡는다고? 난 안 믿어요."

"왜 안 믿어요?"

"내가 지금 말했잖아요. 꿀맛을 한번 보면 절대 못 빠져나오는 게 인간의 생리예요. 곰돌이 푸라고 알아요? 어느 날 곰돌이 푸가 친구 집에 가서 꿀맛을 보게 된답니다. 당나귀였나, 호랑이였나, 아무튼 친구 집에 갔다가 꿀을 보고는 한 번 찍어 먹고 또 한 번 찍어 먹고 자꾸 찍어 먹다가 순식간에 살이 쪄버려요. 친구집은 문이 무척 작은데 곰돌이 푸가 그걸 무시한 거지. 아, 문이 작은 걸 보니 토끼였나? 아무튼 꿀 때문에 몸이 부풀어서 그 작은 문으로는 나올 수 없게 됐어요. 그래서 어떻게 했는지 알아요? 모르겠죠? 모를수밖에 없어요. 인간의 조급한 마음으로는 절대 알 수 없는 답이니까. 곰돌이 푸는 살이 빠지길 기다렸어요. 얼마나 긴 시간이 필요했겠어요. 자, 그렇게 고생을 했는데 곰돌이 푸가 그다음부터는 꿀을 안 먹었을까요? 친구 집에 가서 꿀을 봤는데 안 먹는다고요? 안 먹는다고 다짐하고 그걸 지킬까요? 난 안 믿어요."

이리는 말이 무척 많았다. 우리한테 강의를 하는 줄

알았다. 누굴 믿지 않는 사람은, 믿지 않는 이유에 대해 그렇게 길게 오랫동안 얘기하는 법이다. 곰돌이 푸 이야기를 하는 동안 이지우는 귀를 쫑긋하고 들었다. 역시 동물 이야기만큼 이지우를 사로잡는 게 없다. 곰돌이 푸 이야기를 다 들은 이지우가 한마디 했다.

"이리를 키우세요, 혹시?"

"아뇨. 이리는 좋아하는 동물이고, 키우지는 못하죠. 이구아나 키워요."

"와, 이구아나 예쁜데……."

재이의 이야기로 시작한 두 사람의 대화는 이구아나로 가는 샛길에서 갑작스럽게 꽃을 피웠다. 이구아나 이야기는 귀 기울여 듣지 않았다. 이구아나 이야기가 끝나고 이지우에게 호감을 느낀 이리는 자신이 알고 있는 정보를 하나씩 까서 우리에게 건네기 시작했다. 이리의 입에서 최종적으로 나온 이름이 바로 '하도수'였다. 이리는 하도수를 언급하면서 쌍욕을 해댔지만, 재이의 행방을 알 수 있는 가장 유력한 사람이 하도수일 것이라고 했다. 우리는 실마리를 찾았고, 다음 레벨로 진입할 수 있는 열쇠를 얻은 셈이다. 신나서 친구들에게 전화를 걸었다.

같은 시각에 공상우와 민시아도 하도수라는 이름을 찾아냈다. 게임의 측면에서 보자면 같은 단서를 동시에 찾은 것은 별 도움이 되지 않을 수도 있다. 서로 다른 열쇠를 찾아야 확장이 쉬워진다. 하지만 같은 이름을 동시에 찾았다는 것은 그만큼 확실한 단서라는 의미도 된다. 우리는 모두 모여서 하도수의 명함에 적힌 서울의 주소로 찾아가기로 했다. 전화를 걸어서 약속을 잡아야 한다는 의견도 있었지만(공손한 유진) 우리가 누군 줄 알고 만나주겠는가. 민시아와 공상우와 이지우는 아르바이트를 하루 쉬기로 했다. 회사를 빠질 수 없는 오은주를 빼면, 내일 오랜만에 초인간 클랜의 완전체가 출격할 것이다.

9

송보라는 U시에서 발송되거나 수신된 문자메시지
와 전자우편 중에서 '아카데미 극장', '아카데미', '폭
탄', '음료수 폭탄' 등의 단어를 찾아내기 위해 프로그
램을 돌렸지만 별다른 소득이 없었다. 아마도 누군가
가 모의했다면 직접적인 단어보다는 암호나 은어를
사용했을 것이다. '아카데미 극장'이라는 단어 조합이
들어간 메시지도 거의 보이지 않았다.

U시에서 사제 폭발물 사건이 일어난 게 처음은 아니
다. 폭발 사고는 몇 년에 한 번꼴로 일어났다. 호기심
많은 어른이나 청소년들에 의한 우발적인 사고도 있었

고, 누군가에게 상해를 입히기 위해 제작된 폭탄에 의한 사고도 있었다. 송보라는 폭탄을 제조하는 사람들의 심리를 알기 위해 심리 상담도 참관한 적이 있다.

송보라의 관찰에 의하면 폭탄을 만드는 사람은 대체로 두 종류였다. 관심 받고 싶어 하거나, 누군가를 죽일 만큼 증오하거나. 7년 전 학교에서 사제 폭탄을 터뜨려 여섯 명에게 상처를 입힌 한 학생의 말이 잊히지 않았다.

"내가 어떤 놈인지 제대로 보여주고 싶었어요."

두 개의 동기가 결합된 대답이었다. '내가 어떤 놈인지 알아? 제대로 보여줄게. 나를 무시하는 놈들? 다 죽여줄게.'

아카데미 극장 사건은 모호한 구석이 많다. 아무도 다치지 않게 하려는 범인의 의도가 보인다. 폭발물의 강도를 조절한 것이나 설치한 위치를 고려하면, 자신을 드러내려는 것이 아닌 다른 목적이 있어 보였다.

송보라는 구식 방법으로 조사를 시작하기로 했다. '미니어처 추리 놀이'로 불리는 방법으로, 송보라가 대테러본부 교육생 시절 가장 좋아하던 수업에서 배운 것이다. 방법은 이렇다. 사건 현장을 널찍한 공간에다 축소하여 재구성한다. 측정값은 정확해야 하며, 비례 역시 정확해야 한다. 사건의 정황을 눈앞에 떠올리며 수많은 가능성을 공간에 대입시킨다. 상상력과 논리력, 추리력이 필요한 방식이다.

미니어처 추리 놀이는 얼마 전부터 교육생 수업에서 사라졌다고 들었다. 온 세상에 CCTV가 달려 있으니 상상력이 끼어들 여지가 별로 없다. 상상력보다는 화면 분석 능력과 컴퓨터를 다루는 능력이 필요해졌다. 아카데미 극장 사건처럼 CCTV가 없는 실내에서 폭탄이 터지는 일은 거의 없었다.

송보라는 자신의 집 거실에 있는 모든 물건들을 드레스룸으로 옮겼다. 드레스룸은 난장판이 되었지만 거실은 깔끔해졌다. 거실 바닥에다 아카데미 극장을 재현했다. 책꽂이의 책을 뽑아서 극장의 좌석을 만들었고, 사람이 앉았던 좌석에는 유리컵을 올려 표시했다. 깨지기 쉽다는 의미로, 사람을 유리컵으로 표현한 것은 적절해 보였다. 녹색 스카프로 스크린을 만들었다. 바닥에 일렬로 놓은 연필과 볼펜은 사방의 벽이 되었다. 화장실 위치에는 하얀색 체중계를 두었고(변기에 앉는 자세와 저울에 오르는 자세가 비슷하다고 생각했다) 휴게실은 목욕 수건을 길쭉하게 늘어놓아 표시했다. 문이 있어야 할 자리에는 자신이 좋아하는 빨간색 양말들을 놓았다. 멀리서도 문이라는 것을 확실히 알 수 있었다. 그리고 폭발 예상 지점에는 촛불을 하나 켜두었다. 촛불이 폭발하면서 주변의 공간에 영향을 미쳤다고 상상했다. 이제 집의 주인은 송보라가 아니라 거실에 만들어놓은 사건 현장이었다. 물을 마시러 갈 때도 밥을 먹을 때도 현장을 피할 수 없었다.

송보라는 어릴 때도 이렇게 노는 걸 좋아했다. 공간을 꾸며놓고 그 안에 살고 있는 사람을 상상했다. 건축가가 될 모양이라고 아버지가 이야기했던 게 기억났다. 이제는 건축가 대신 건축물을 부수는 사람을 쫓아다니고 있다. 두 가지가 다를 게 없어 보였다.

송보라는 거실을 오가며 촛불을 옮겨보았다. '펑' 하는 소리를 내면서 폭발의 순간을 상상해보았다. 스크린 뒤에서 폭탄이 터졌다.

펑.

사람들에게 치명상을 입히려면 폭탄에 불순물들을 첨가해야 한다. 파편이 될 만한 금속이나 못 같은 걸 섞어 넣으면 위력이 증가한다. 이번 사건에는 그런 파편의 흔적도 없었다. 왜 스크린 뒤였을까. 송보라는 촛불을 들고 이리저리 움직이며 생각했다. 여러 권의 책위에 투명한 유리잔이 놓여 있었다.

펑.

화장실과 가까운 곳에서 폭탄이 터졌다.

펑.

폭발은 한 번만 일어났고, 벽이 조금 부서지고 스크린에 불이 붙은 것 말고는 건물에 치명적인 영향을 미치지 않았다. 스크린을 노린 것이다.

펑.

극장에서 상영되던 영화가 폭탄이 터지는 내용이라는 것이 자꾸만 마음에 걸렸다.

펑.

범인은 사건 현장 주변에 있게 마련이다. 자신이 설치한 폭탄이 잘 터지기를 바라는 마음.

펑.

관객 속에 범인이 있을 수도.

펑.

극장의 주인이 범인일 수도.

펑.

폭탄이 터지는 영화를 만든 사람이 범인일 수도 있다. 알프레드 히치콕. 아, 그 사람은 죽었지.

펑. 펑. 펑.

폭탄이 계속 터졌지만 송보라의 생각은 가닥이 잡히지 않았다.

이기영에게서 전화가 오는 바람에 송보라의 상상력에 제동이 걸렸다. 다행이라고 생각했다. 이렇게 계속 상상하다가는 음료수를 만든 회사의 창업주가 범인이라고 추측할 뻔했다.

"통화 괜찮아요?"

이기영이 조심스럽게 물었다.

"얘기해요."

송보라가 대꾸했다.

"늦게 전화해서 미안합니다. 궁금한 게 하나 있는데 물어볼 데가 없어서요."

"좋은 타이밍이었어요. 저도 화제 전환이 좀 필요하던 참이에요."

"다행이네요. 테러범이나 폭파 전문가들을 잘 아시죠?"

"이기영 씨보다는 많이 만나봤겠죠."

"폭탄을 설치한 다음에 보통 범인들은 어떤 행동을 합니까? 도망가요? 아님 그 자리에서 지켜봐요?"

"자살 폭탄 테러 뉴스 본 적 있죠?"

"많이 봤죠."

"그 사람들이 왜 그러는 것 같아요? 폭탄을 설치하고 도망가도 될 텐데 왜 자폭을 할까요?"

"죽음을 통해 영웅이 되고 싶어서?"

"그런 사람도 있겠죠."

"도망가봤자 송보라 씨 같은 유능한 경찰에게 잡힐 테니까?"

"칭찬으로 생각할게요."

"왜 그런 거예요?"

"성공률이 높아지니까."

"성공률을 높이기 위해 목숨을 바친다고요?"

"꼬리에 꼬리를 무는 거죠. 도망가지 않으면 성공률이 높아지고, 성공하면 영웅이 되고, 영웅이 되려면 도망가지 않는 모습을 보여야 하고……, 논리의 악순환이랄까요."

"참 이해가 안 되는 사람들이네."

"그 사람들의 가장 큰 무기는 폭탄이 아니에요."

"그럼 뭐예요?"

"도덕이죠."

"도덕이라……."

"자신들이 더 나은 사람이고, 도덕적으로 우월하다고 생각하니까 벌을 내릴 수 있는 사람이라고 여기는 거죠."

"벌 받을 생각이네요."

"그런데 갑자기 그건 왜?"

"송보라 씨 말대로라면 현장에 범인이 있었다고 봐야 할까요?"

"글쎄요. 자살 폭탄처럼 종교적인 이벤트도 아니고 누굴 살해할 목적도 없었다면, 그냥 단순한 장난 같은 걸 수도 있어요."

"폭탄으로 장난을 쳐요?"

"폭탄 만드는 법은 인터넷 검색하면 다 나와요. 그걸 만들어보는 애들이 얼마나 많은 줄 알아요? 만든 다음에 한번 터뜨려보고 싶어 하는 녀석들도 굉장히 많답니다."

"그냥 몰래 들어와서 두고 도망갔다?"

"그럴 수도 있다는 거죠. 아닐 수도 있고요."

"상부에서는 대충 접길 바라는 눈치예요. 크게 다친 사람도 없으니까 대충 대테러본부에 떠넘기고 슬쩍 빠지라네요. 서울 쪽에서 지원도 없고요. 그쪽은 어때요?"

"서울에서 지원 없는 건 비슷해요. 그쪽과는 달리 대테러본부는 인원도 많지 않아요. 사람이 몇 명 죽거나 2차 테러 위험이 발견돼야 다른 부서의 지원을 받을 수 있겠죠."

"어중간한 사건은 이래저래 골치 아프다니까요."

"게다가 대테러본부의 인원은 점점 줄어들고 있어요. 세상 어디에나 있는 CCTV가 눈을 대신하고, 인공지능들이 뇌를 대신하니까요. 인간들이 할 수 있는 일이 적죠."

"그렇겠네요."

"그래서 이기영 씨는……, 접을 거예요?"

"저요? 제가 접냐고요? 저는 태어나길 폴더블 형태가 아니라서요. 한번 펼치면 못 접는 스타일입니다. 빳빳하기가 막 다린 셔츠 못지않죠."

"다행이네요. 음……, 궁금해하시니까 제가 재미난 얘기 하나 해드릴게요."

"환영합니다."

"이기영 씨는 어릴 때 높은 곳에서 뛰어내려본 적 있어요? 자신을 슈퍼맨이나 배트맨이나 뭐 그런 존재로 생각하면서?"

"제가 좀 조숙해서……."

"그런 얘기 들어본 적은 있죠?"

"제 친구들은 가끔 뛰어내렸다죠. 붉은 망토 두르고."

"저는 그 심리가 일종의 환각이라고 생각해요. 자아가 분열되는 순간, 자신을 또 다른 자아라고 잠깐 착각하게 되는 거죠. 인간은, 실은 두세 개의 자아를 오

121

가면서 살아가요. 그 자아들의 차이가 적으면 정상적인 삶을 살아가는 거고. 뭐, 정상이라는 말 자체가 이상하긴 하지만요. 아무튼 그 차이가 크면 클수록 골 때리는 행동들을 하게 되죠. 너무나 다른 사람의 정신이 한 사람의 몸속에서 살아가야 하니까요. 저는 자살 폭탄 테러범들 역시 망토를 두르고 뛰어내리는 아이와 다를 바 없다고 생각해요. 가장 큰 차이는 혼자 다치느냐, 누굴 다치게 하느냐겠죠."

"그런데, 이 이야기 중에 어디가 재미있는 부분이에요?"

"재미있지 않아요?"

"사람마다 재미의 기준이 참 다르죠."

"이기영 씨는 어떤 게 재미있어요?"

"음, 이야기가 길어질 텐데요. 저야말로 인생의 첫 번째 가치를 재미에 두는 사람이라서 말이죠."

"재미없는 이야기를 했으니 벌 받아야죠. 들어드릴게요."

"혹시 딜리터라고 들어보셨어요?"

"알죠. 의뢰받아서 물건 없애주는 사설탐정이잖아

요."

"제가 아는 딜리터가 있는데요."

"혹시 구동치 씨 아니에요?"

"어, 알아요?"

"이름만 들어봤어요."

"구동치 선배가 딜리터 업계에서 유명한 분이긴 하죠. 그분이 저한테 해준 이야기가 있어요. 기영 씨, 사람들이 딜리터에게 의뢰하는 사건들은 잊어버리고 싶은, 창피한 기억과 연결되어 있어요. 이 얘길 듣고 제가 그랬죠. 당연한 말씀. 다시 동치 선배가 얘기했어요. 그걸 잊게 하려면 어떤 방법이 있겠어요? 간단한 질문이잖아요. 대부분 인간들의 기억은 과거를 연상시키는 물건으로부터 시작되니까 그걸 없애버리면 되겠죠."

"딜리터가 하는 일이 그거잖아요. 기억과 물건의 연결 고리를 끊는 일."

"그렇죠. 그런데 구동치 선배 말로는 더 좋은 방법이 있대요."

"뇌 속의 퓨즈를 꺼버린다?"

"아니, 무슨 그런 무시무시한 상상을……."

"그게 가장 근원적인 해결책이긴 하죠."

"그건 사람 죽이는 방법이죠. 동치 선배가 이렇게 말했어요. 기억에다 기억을 덧입히는 겁니다."

"덧입혀요?"

"예를 들면, 송보라 씨 앞에 온더록스 유리컵이 있다고 쳐봐요. 알고 지내던 A라는 남자와 오랫동안 이야기를 나누었는데, 그 내용이 심각하고 어처구니없을 정도로 재미없고 심지어 불쾌하기까지 했어요. 왜 그런 남자들 있잖아요. 설명하기 좋아하고 혼자서 말 길게 하는. 보라 씨는 대화 도중에 눈을 둘 데가 없어서 계속 컵을 봤어요. 멍하니 하염없이. 그 후로 온더록스 컵만 보면 기분이 나빠지는 겁니다."

송보라는 거실에 널려 있는 물컵들을 보았다. 물컵들은 극장 속 관객이 되어 책 위에 투명하게 앉아 있었다. '하필이면 왜 물컵을 예로 들지?'라는 생각을 하면서 물컵에 몰입했다.

"그럴 수 있겠죠."

"그런데 어느 날 알지도 못하는 B라는 사람이 와서

유리컵을 벽에다 던진다고 상상해보세요."

"왜 그래야 하죠?"

"상상한다고 컵이 깨지나요? 상상해보세요. 유리로 만든 컵이 싱크대에 부딪혀서 산산조각 나고, 소리는 날카롭고, 파편이 이쪽으로 튈까 봐 걱정되고, 그런 감각들이 온몸에 가득 차게 됩니다. 그 순간부터 유리컵은 다른 기억, 다른 감각과 연결됩니다. 이제 A라는 남자의 재미없는 이야기는 잘 생각나지 않고 깨지는 순간이 또렷하게 뇌에 각인됩니다. B라는 사람은 알지 못하기 때문에, 그 사람의 얼굴은 잘 기억나지 않고 유리컵이 깨지는 순간만 기억되는 겁니다."

"나쁜 기억에 더 나쁜 기억을 덧씌운다?"

"더 나쁜 기억은 아니죠. A라는 사람과의 기억이 나쁜 이유는 그 사람을 알기 때문이에요. 아예 모르는 사람이라면 얘기가 달라지죠. B라는 사람의 역할을 딜리터가 대신하는 겁니다."

"그건 '딜리트delete'가 아니라 '오버라이트overwrite'네요."

"그렇죠. 딜리트 된 파일은 휴지통에서 끄집어낼 수

있지만 덮어쓰기 된 파일은 복구가 힘들어요. '실행 취소'를 눌러봐야 쉽지 않습니다."

"그 얘기를 하는 이유가 뭐예요?"

"극장에서 폭탄을 터뜨린 사람의 이유도 그런 거 아닐까요?"

"그런 거라뇨?"

"지워버리기 위해서가 아니라, 부셔버리기 위해서가 아니라, 덧씌우려는 거였다면요?"

"그게 무슨 소리예요? 덧씌우다뇨?"

"갑자기 그런 생각이 들었어요. 뭔가 다른 목적이 있다면, 이상한 놈이라면, 다르게 생각해야 한다고요."

"아카데미 극장에서 겪은 일 때문에 거길 부수는 거다?"

"많이 이상한 생각인가요?"

송보라는 이기영의 말에 대해 진지하게 생각해보았다. 많이 이상한 생각은 아니었다. 어떤 테러범은 정말로 그러기도 한다. 자신이 다니고 있는 학교에 폭탄을 터뜨리는 사람은 대상도 중요하지만 장소도 중요하다.

"그럴듯해요. 많이 이상하지는 않아요."

"그래요? 와, 대테러본부의 수석 연구원에게 인정받으니까 뿌듯하네요."

"인정까지는 아니에요."

"송보라 씨, 그거 알아요? 우리 둘 다 재미는 없는 거? 재미가 없으면 끈기라도 있어야겠죠? 내일부터 쉽게 접지 않는 사람의 끈기가 어떤 건지 보여주려고요. 아카데미 극장의 역사와 이번 테러가 상관이 있다면, 그걸 제가 밝혀낼 겁니다."

"페트병 뚜껑에서 지문이 나오긴 했는데, 워낙 파편이 작아서 확인할 수 있을지 모르겠어요. 뚜껑 쪽이 타이머로 쓰여서 그나마 흔적이 남은 건데……. 단서가 나오면 바로 알려드릴게요."

"고맙습니다. 밤늦게까지 이야기도 들어주고."

"뭘요, 재미있었어요."

송보라는 전화를 끊고 이기영의 말을 곱씹어보았다. 부셔버리기 위해서가 아니라 그 위에 뭔가 덧씌우기 위해서 폭탄을 터뜨린다는 말은, 완전히 새로운 시각은 아니지만 송보라의 전망을 조금 넓혀주었다. 도시에서 일어나는 일들, 수많은 건설 회사가 낡은 건물을 폭파시키고 그 위에 새로운 건물을 짓는 일도 비슷할지 모른다. 송보라는 거실에 놓여 있던 촛불을 들고 파편의 방향을 따라 걸어보았다. 책 위에 놓인 유리컵에 촛불 그림자가 어른거렸다.

10

기차에 올라탄 초클의 얼굴은 발갛게 상기돼 있었다. 소풍 가는 아이들 같았다. 대부분 U시를 벗어나는게 오랜만이었다. 한모음과 이지우는 서울에 처음 가보는 것이었고, 민시아와 공상우 역시 제대로 된 서울 구경은 처음이었다. 어딘가로 갈 때 지나친 적만 있었다. 평일 낮이어서 기차에는 사람이 별로 없었고, 그런 한적함이 초클의 기분을 더욱 고조시켰다. 서울에 살다 어린 시절에 U시로 이사 온 정인수는 기차에 타자마자 강의를 시작했다.

"서울은 말이야, 너희들 생각보다 훨씬 더 클 거야.

어떤 생각을 하고 있는지, 어떤 상상을 하고 있는지 몰라도, 분명하게 말하지만, 훨씬 클 거야. 어쩌면 서울이 크다기보다 너희들의 상상력이 작은 것일 수도 있고."

"너도 열세 살 때 이사 왔다면서? 열세 살 꼬마가 서울에 대해서 얼마나 알겠어."

유진이 창밖을 내다보며 시큰둥하게 말했다.

"무슨 소리야. 강남 한복판에서 살아본 사람은 경험치가 다를 수밖에 없어. 뉴욕에서 일주일 산 사람이랑 하와이에서 일주일 산 사람이랑 같겠어?"

정인수의 큰 목소리가 조금 더 커졌다.

"다르겠지. 하와이에서 산 사람이 훨씬 부럽지."

유진이 정말 부러운 듯 조용하게 말했다. 여전히 정인수의 얼굴은 보지 않고 창밖에서 날아다니는 새의 궤적을 눈으로 좇고 있었다.

"거기서는 누구나 다 조숙할 수밖에 없어. 삶의 사이클 자체가 다르거든. 거기서는 24시간을 48시간처럼 사용한단 말야. 거리를 걷는 사람들도 2배속으로 돌린 것처럼 빠르게 움직여."

"그러면 늙는 것도 빠르겠다."

"일을 하나만 진행하는 사람이 없어. 모든 일을 압축하고, 경제적으로 관리하고, 저글링 하듯 두세 가지 일을 동시에 컨트롤할 수 있어야 해."

"불쌍하게 사네."

"넌 왜 사사건건 시비야. 유진, 너도 서울에서 살다 왔잖아?"

"나는 서울 외곽에서 살다 와서 그런 건 잘 몰라. 하나는 확실하지. 나는 서울보다 U시가 백배 더 좋아."

"누가 U시가 싫대? 서울이 그렇단 얘기지. 그런데 하나 아쉬운 건 있어. 거기 살다 보면 내가 뒤처지고 있다는 생각이 자주 들거든. 나도 열심히 살아야지, 그런 마음을 먹게 되는데, 그게 발전의 원동력이 될 때가 있는데, U시에서는 그런 게 전혀 없어."

"너는 잘 모르나 본데, 여기서도 너는 뒤처지고 있어. 정인수! 힘내!"

정인수가 유진을 째려보았지만 다른 곳을 보고 있는 사람에게 따질 수는 없었다. 유진의 시선은 정인수에게 잠깐 향했다가 다시 새에게 돌아가 있었다. 태블릿으로 동물 관련 동영상을 보고 있던 이지우가 끼어들어 물었다.

"인수 너는, 서울에서 살던 중에, 가보고 싶고, 생각나고, 꿈에도 그립고, 그런 공간, 장소 그런 데가 있어?"

"히드라 타워라고 43층짜리 건물 있거든. 거기 좋아해, 이번에도 거기에 꼭 갈 거야."

"왜 좋아, 거기가?"

"거긴 나무처럼 만들어진 빌딩이야. 아래쪽은 보통 건물이랑 같은데, 올라가다 건물이 두 개로 갈라져, 더 위로 가면 네 개로 갈라져. 나무에서 가지가 뻗어 나가는 것처럼 말이야. 되게 멋있어. 10층부터는 2A동, 2B동으로 갈라지고, 20층부터는 3A, 3B, 3C, 3D동으로 갈라지게 돼 있어. 제일 높은 데가 43층이고."

"올라가봤어?"

"다는 못 가봤고, 3B동이랑 3D동엔 가봤어."

"멋지겠다."

"엘리베이터에 적힌 숫자 디자인도 되게 멋있어. 10까지는 하얀색이다가 11층부터 동마다 색깔이 다르게 표현되는데, 그 사진도 가지고 있어. 보여줄까?"

정인수는 이지우에게 휴대전화 속 사진을 보여주었다. 이지우는 감탄하며 사진을 구경했다. 유진도 히드라 타워의 설명이 마음에 들었는지 눈을 돌려 정인수의 휴대전화를 훔쳐보았다. 정인수는 유진도 볼 수 있게 휴대전화의 각도를 조금 틀었다.

"멋지긴 하네."

유진이 마지못해 인정했다.

"실제로 보면 만배는 더 멋져."

정인수가 눈을 크게 뜨며, 자신의 눈을 만배 키울 수 있다는 듯 과장스러운 목소리로 말했다.

"야, 공상우."

공상우와 민시아는 통로 건너편 좌석에서 서로 기댄 채 잠들어 있었다. 유진이 부르는 소리도 듣지 못했다. 정인수가 팔을 뻗어 공상우를 깨웠다.

"응? 왜?"

잠에서 깨어난 공상우가 전기 충격을 당한 사람처럼 머리를 흔들었고, 그 때문에 공상우의 어깨에 기대고 있던 민시아까지 잠에서 깼다.

"백건 아저씨 온대?"

유진이 퉁명스럽게 물었다. 줄곧 서울행을 반대했던 유진이었다. 우선 전화로 약속을 잡아야 한다고, 약속이 잡히지 않으면 선발대라도 보내자고 했다. 선발대를 보낼 수 없으면 수사에 유능한 백건에게 도움을 요청해야 한다는 의견을 낸 것도 유진이었다. 초큘은 백건에게 도움을 요청하자는 의견만 받아들였다. 다들 재이 핑계로 어디론가 떠나고 싶었던 것이다.

"응, 올 수 있댔어. 어제 서울에서 일이 있어서, 우리 도착하는 시간에 기차역으로 온대."

"다행이네."

유진은 다시 고개를 돌려 창밖을 내다보았다. 유진은 서울로 가고 있는 기차의 방향을 거꾸로 하고 싶었다. 서울에서의 기억을 떠올려봐도 좋은 게 별로 없었다. 혼자 방 안에 앉아서 창밖을 보던 장면밖에는 떠오르지 않았다. 친구도 거의 사귀지 않았다. 학교가 끝나면 집으로 와서 책을 읽거나 계절이 흘러가는 모습을 물끄러미 보는 게 전부였다. 친구가 딱 한 명 있긴 했다. 그렇지만 그 친구 생각은 하고 싶지 않았다.

공상우와 민시아는 다시 잠에 빠져들었고, 다른 친구들 역시 조용히 눈을 감았다.

서울에 도착하기 직전부터 초클은 긴장하기 시작했다. 서울이라는 장소 때문에. 서울에서 해야 할 일들 때문에. 가장 씩씩한 건 민시아였다.

"와, 잘 잤다. 아르바이트하느라 쪽잠 자다가 기차 타니까 완전 천국이네. 나 기차에서 아르바이트할까 봐."

에스컬레이터 위에서 민시아가 친구들을 향해 큰 소리로 말했다.

"아니지, 아니지. 기차에서 일을 하면 기차가 지겨워질 수밖에 없어. 기차를 타고 출퇴근할 수 있는 아르바이트를 해. 서울에 일자리를 잡으면 되겠네. 서울이란 한번쯤 경험해볼 만한 공간이거든."

정인수가 큰 소리로 대꾸했다.

"민시아, 너한테 필요한 건 기차가 아니라 잠잘 수 있는 시간이야."

유진이 차갑게 말했다.

"와, 정확해. 칼 같은 충고다. 고마워."

민시아가 대꾸했다.

백건이 손을 흔드는 게 보였다. 모두들 오랜만에 백건을 보는 거라 반가운 마음이 컸지만 손을 흔드는 사람은 없었다. 백건에게 연락한 당사자인 공상우만 가슴께까지 손을 들어 인사했다.

"야, 반갑다, 동지들. 어떻게 지냈어?"

백건이 공상우를 껴안는 걸 보고 모두 뒤로 물러섰다.

"와주셔서 감사해요."

민시아가 악수를 청하면서 인사했다.

"당연히 와야지. 다들 이게 얼마 만이야. 공상우 빼고는 지난번 동물원 습격 이후로 처음인 거지? 반갑다, 반가워."

정인수가 배가 고프다고 소리를 지르는 바람에 초클은 서울역사에 있는 분식집에 잠깐 들르기로 했다. 백건에게 들어야 할 얘기도 있었다.

"얘기한 건 좀 알아보셨어요?"

"내가 공상우 이 자식을 괜히 만나가지고, 맨날 나한테 하는 말이라고는 '좀 알아보셨어요?', '얘기한 건 어떻게 됐어요?' 이런 거밖에 없어. 민시아, 내가 섭섭

하지 않겠냐?"

"섭섭할 수 있죠."

"그치? 내가 이상한 게 아니지? 거봐 공상우."

"섭섭하게 해서 죄송합니다. 근데 알아보셨어요?"

"말을 말자. 너한테 뭘 기대한 내가 잘못이지. 그런데 그 회사에는 왜? 또 일 벌이는 거야?"

"재이가 사라졌는데, 그 회사의 하도수라는 대표하고 상관이 있는 것 같아서요."

"재이라……, 그 자식 또 무슨 사고 친 걸까?"

"아닐 거예요. 요즘 새로운 어플리케이션 개발한다고 한참 틀어박혀 있었어요. 사고 칠 시간도 없었을걸요."

"그건 모르는 거지. 재이가 어디 몸으로 사고 치는 애냐? 머리로, 손가락으로 치는 거지. 그 회사, 평범한 회사이긴 한데, 완전 클린하지는 않은 것 같기도 하고. 청정 지수를 알 길이 없네."

"뭐 하는 회산데요?"

"에이-아이A-Eye라고 자율 주행 자동차에 들어가는 라이다 센서랑 보안용 CCTV 만드는 회사인데, 일단 간판은 그렇게 달아났지만 사업자등록 되어 있는 거 보니까 이것저것 걸쳐 있는 게 많더라고."

"하도수라는 사람은요?"

"그 사람도 특별할 건 없어. 전과도 없고 회사에 문제가 생긴 적도 없고, 너무나 몹시 평범해서 이상한 사람이지."

"평범한데 왜 이상해요?"

"공상우 사회생활 한참 더 배워야겠네. 나 같은 전직 베테랑 형사님들이 조사에 들어가면 이상한 건덕지 같은 게 나와줘야 정상이란 말이지. 공무원이나 학교 선생님 같은 존경스러운 분들도 모셔와봐. 그 누구든 내가 탈탈 털면 호주머니에 숨어 있던 야구공만 한 먼지 덩어리가 나오게 돼 있어. 이 사람은 그런 게 없단 말이지."

"그거야 백건 아저씨가 형사로서의 감을 잃어서 그런 걸 수도 있죠."

"공상우, 모르는 소리 하네. 한번 형사는 영원한 형사라고 몇 번을 말해. 네가 그럴 줄 알고 영원한 형사님께서 숨어 있는 1인치를 찾아내셨지."

"어떤 게 숨어 있었는데요?"

"하드웨어 만드는 일 말고 사업체가 하나 더 있는데 보험 조사관을 관리해주는 곳이야. 보험 조사관이 뭐 하는 사람인지 알아?"

"사고 나면 조사하는 사람 아니에요? 과실 비율 조정하거나 보험 사기도 찾아내고 뭐 그런 일 하는 거 아닌가?"

"보험을 좀 아네?"

"에이, 그 정도는 다 알죠. 그리고 제가 약관 파일 정리하는 아르바이트도 했어요."

"역시 아르바이트야말로 얕고 넓게 세상을 알 수 있는 최고의 방법이란 말이지."

"얘기나 마저 하세요."

"자율 주행 자동차는 사고도 많지 않고, 일도 적어서 일반 보험회사에서는 조사관을 따로 둘 수가 없어. 손해 사정사를 쓰는 곳도 있지만 자율 주행 자동차를 잘 아는 사람은 많지 않지. 그래서 프리랜서 보험 조사관을 쓰는데, 에이-아이에서 그 인력들을 관리하고 있더라고. 수입이 생각보다 짭짤한 모양이야. 하도수라는 사람을 알아봤더니, 손해 사정사 출신이더라고."

"뭔가 불법의 냄새가 나요?"

"그렇지. 내 코는 못 속이지. 하드웨어를 만드는 회사의 대표가 보험 조사관을 알선해준다? 뭔가가 분명히 있어."

"우린 어떻게 조사를 하면 좋을까요?"

"그러게……, 이렇게 한꺼번에 여섯 명이 몰려오면 소풍 같고 신나겠지만 효율적이지가 않잖아."

공상우와 민시아는 백건의 말을 열심히 들었지만 나머지 초클은 휴대전화를 보거나 지나가는 사람들을 관찰하면서 시간을 보냈다. 시끄러운 식당 안에서 가깝게 앉은 두 사람만이 백건의 말을 정확하게 들을 수 있었다. 또 한 명, 언제나 모든 소리를 듣고 있는 한모음도.

"두 팀으로 나누면 어때요? 한 팀은 에이-아이 회사로 가보고, 한 팀은 재이가 전에 함께하던 해커 팀에 가보면 좋을 것 같아요. 제가 사무실을 알아요."

"그래, 일단 왔으니까 다들 열심히 찾아보자고. 재이가 폭발 사고와 상관이 있는 것 같아?"

"저희도 그게 걱정이에요. 아니라고 생각하지만 혹

시……."

"혹시 뭐?"

"예전의 재이로 돌아갈까 봐서요."

"그러지는 않을 거야. 재이를 믿어보자고."

"좀 전에는 머리로, 손가락으로 사고 치는 애라고 하시더니."

"그러게, 나도 너한테 전염돼서 사람을 자꾸 믿으려고 그러네, 큰일이야."

공상우는 초클을 모아서 백건과 나눈 이야기를 전했다. 공상우, 민시아, 이지우가 해커 팀을 찾아가기로 했고, 백건과 함께 정인수, 유진, 한모음이 에이—아이 회사로 향했다. 공상우는 백건의 뒤를 따라가는 세 명의 친구를 불안한 눈빛으로 바라보았다. 모든 일이 잘 해결된다면 오늘의 소풍에 대해 할 얘기가 많을 것이다. 재이와 함께 U시로 돌아간 다음 피자를 뜯어 먹으면서 오늘을 추억할 수 있을 것이다. 공상우의 머릿속으로 자꾸만 불길한 예감이 들이닥쳤다. 다시는 그런 시절로 돌아가지 못할 것 같은 예감이었다. 공상우는 머리를 흔들며 생각들을 떨쳐버렸다.

11

이리 탐정은 박람회장을 일찍 나섰다. 보험 탐정에 대해 문의한 사람은 다섯 명이 채 되지 않았다. 자율 주행 자동차 박람회야말로 보험 탐정을 알릴 수 있는 좋은 기회라고 생각했는데, 사람들은 차에만 관심이 있었다. 자동차 회사 사이에서 멍청한 모습으로 끼어 있는 것도 자존심이 상했다. 이리는 스쿠터를 타고 변호사 사무실로 돌아왔다.

이리는 잃어버린 동물을 찾아주는 탐정으로 활약하다가, 몇 년 전부터 보험 조사관 업무를 공부했다. 그중에서도 자율 주행 자동차의 손해배상을 전문으로 공부했다. 이리는 완전한 자율 주행 자동차 시대가 오기 전에 대혼돈의 시대가 올 것이라고 예상했다. 사람이 운전하는 자동차와 자율 주행 자동차가 뒤섞이면서 이상한 사고가 자주 발생할 것이며, 거기에 자신이 뚫고 들어갈 틈새가 있다고 판단했다. 진정한 자율 주행 자동차 시대가 되기 위해서는 서울의 도로 시스템이 완전히 바뀌어야 하는데, 말처럼 쉬울 리가 없었다. 이리의 예상은 비교적 정확하게 들어맞았다. 여전히 살길이 막막하지만 동물을 찾아주는 일을 할 때보다는 수입이 좋았다.

보험 조사관 자격증을 취득한 다음에는 변호사 사무실에 취업했다. 자동차 사고 전문 변호사와 보험 조사관은 좋은 파트너가 될 가능성이 충분하다. 보험 조사관은 법률 업무를 다룰 수 없어 보험회사와 싸울 때 불리할 수밖에 없다. 변호사가 아닐 경우에는 분쟁 조정에 뛰어들 수 없으니까. 변호사는 아무리 사고 전문이라 하더라도 보험 조사관보다는 다양한 사례 정보가 부족할 수밖에 없다. 보험 조사관이 실질적인 업무를 처리하면 변호사가 뒤를 봐주는 식이었다. 이리는 김찬우 변호사를 소개받아 두 달 전부터 그의 사무실에서 사무장으로 일하기 시작했다. 문을 열고 들어서자 큰 키의 김찬우가 얼굴을 책상에 묻고 문서를 들여다보고 있었다.

"변호사님 또 그렇게 좋지 않은 자세로 앉아 계신다. 자꾸 그러다가 폴더폰 되시겠어요. 자, 허리 펴고."

이리가 조용한 공간을 시끌벅적하게 바꿔놓았다.

"또 잔소리 시작하시네. 사무장이 아니라 사감 선생 같다니까요."

김찬우가 눈을 껌뻑거리면서 이리를 올려보았다. 길쭉하고 마른 얼굴에 커다란 안경이 얹혀 있는 모습은 앙상한 나무에 매달린 잘 익은 홍시처럼 아슬아슬해 보였다. 금방이라도 안경이 툭, 하고 떨어질 것 같았다. 하얀 셔츠는 빳빳하게 다려져 있어 김찬우의 앙상한 어깨가 더욱 도드라졌다.

"오늘 박람회장에서 큰 성과가 있었어요."

"아, 그래요? 잘됐네요. 어떤 성과가 있었어요?"

"방문객이 너무나 없어서, 가져간 추리소설을 다 읽었어요."

"와……, 생각지도 못한 성과네요. 어떤 책이었길래?"

"'마르틴 베크' 시리즈."

"좋은 시간이었겠네요. '마르틴 베크' 좋죠."

"변호사님도 참 신기해요. 취미도 없고, 특기도 없고, 친구도 안 만나는 사람이 추리소설을 그렇게 좋아하는 걸 보면."

"그게 뭐가 신기해요. 취미도 없고 특기도 없으니까 그런 거죠. 읽는 게 좋아요, 나는."

"지금은 뭐 읽고 있어요?"

"일주일 전에 잠실에서 교통사고 난 터프가이 기억나죠? 그 사람 보험료 산출 내역서 읽고 있어요."

"우와, 일하고 계신 거였네. 얼마나 나왔어요?"

"위자료 포함해서 8백 나왔네요."

"하아, 역시 보험사 놈들은 대단하네. 두툼한 한라봉 껍질을 한방에 벗겨 먹는 수준이네. 우리 쪽 과실 몇 퍼 인정인데요?"

"30퍼요."

"3 대 7인데 8백이라고? 에이 도둑놈들. 과실 5 대

5였으면 돈 내놓으라 그랬겠네. 우리 의뢰인 십자인대 나가지 않았어요?"

"2년 한시 장애 인정했네요."

"몇 밀리인데요?"

"보자⋯⋯, 좌측이 2.1밀리고, 우측이 7.5, 오른쪽 슬관절 5.5가 불안정성 계측이라고 나오네요."

"5밀리 넘으면 무조건 영구 장애지, 나쁜 놈들. 제가 잘 해결해볼게요."

"이 정도면 얼마까지 받아낼 수 있어요?"

"터프가이님께서 서른다섯 살이니까 정년을 고려해서 계산하면, 일단 세법상 월 소득이 3백쯤 된다고 치고 14.5퍼센트 영구적 노동능력 상실에다가⋯⋯, 대충 1억까지는 뽑아내죠."

"와, 역시 차이가 크네요."

"그런 사소하고 자잘한 일은 사무장한테 맡기시고 변호사님은 굵직굵직한 업무를 보세요."

"사무장도 아시겠지만⋯⋯, 저희가 요새 일이 별로 없어요."

"사무장이 부족해서 그렇죠. 제가 영업을 다녀야 하

는데, 많이 부족합니다."

"저도 부족하죠, 한참."

"아직 홍보가 덜 돼서 그래요. 제가 잘해볼게요. 자율 주행 자동차 사고의 국내 최고 권위자 이리가 되어보겠습니다."

"지난번 종로 건은 피보험자 사기로 끝난 거죠?"

"그랬죠. 사람들이 자율 주행 자동차를 너무 우습게 봐요. 수동으로 접촉 사고 내놓고 오토 파일럿 기능을 뒤늦게 켜놓으면 우리가 모를 거라고 생각한단 말이죠. '내가 그런 게 아니에요. 저는 손도 안 댔는데, 자율 주행 모드가 고장났나 봐요.' 그러면 우리가 '아 그렇습니까, 고장났네요.' 그럴 줄 안다니까요. 아니, 어떻게 그게 가능할 거라고 생각하지?"

"사람들이 원래 그런 기술은 잘 몰라요. 발달할수록 기술은 숨는 법이니까요."

"변호사님도 저랑 이 일을 하시려면 기본적인 건 좀 알아두시면 좋을 텐데……"

"이리 사무장이 다 알아서 잘하실 텐데요, 뭘. 저는 읽고 쓰고 해석하고 말하고 그런 것만 할게요. 신기술은 너무 어려워요."

"변호사님 아직 전자책도 안 보죠?"

"종이책이 아니면 불편해서 못 봐요."

"대단하십니다, 진짜. 존경합니다. 저는 현장 조사 나갔다가 퇴근할게요. 잠실 터프가이 건은 제가 다시 산출해서 보여드릴 거니까 깊이 파고들진 마시고요."

"요새 의학 서적 보고 있는데 재미있더라고요."

"기술을 좀 배우시라니까 자꾸 제 분야 넘보신다. 사고 처리는 저한테 맡기시라니까요. 변호사님은 살인, 사기, 절도, 이런 거 맡으시면 참 어울리시는데……, 누가 봐도 정직해 보이고 신뢰가 가는 얼굴이에요."

"그래요?"

"무척 그렇죠. 변호사 하기 좋은 관상이에요."

"그럼 앞으로 잘되겠죠."

이리는 박람회장에 들고 갔던 자료를 사무실에 두고, 짐을 챙겨 나왔다. 스쿠터를 몰고 상암동 사건 현장으로 갔다. 이틀 전 상암동에서는 자율 주행 자동차와 일반 SUV 차량의 접촉 사고가 있었다. SUV 운전자의 말에 의하면 자율 주행 자동차가 자신의 진로를 계속 방해했으며, 추월할 틈도 주지 않았고, 계속 자신을 약올리며 주행했다는 것이다. 마치 사람이 운전하는 것처럼. 성질이 난 SUV 운전자는 자율 주행 자동차의 후측면을 들이받았다. 100퍼센트 SUV 운전자 과실이었다. 화가 난 SUV 운전자가 이리를 찾아와 이렇게 의뢰했다.

"정말 열 받아서 제가 들이받았는데요, 내리고 보니까 아는 놈이더라고요."

"누구였는데요?"

"이찬이라고, 경쟁 프로그램 피디였는데요, 예전부터 사이가 좋지 않았어요. 분명히 저를 노리고 그런 겁니다. 오토 파일럿 모드가 켜져 있었다고 하지만, 분명히 그놈이 직접 운전했을 거예요. 수동 모드로 운전했고, 고의로 급제동했다는 걸 밝혀내면 제 과실이 좀 줄어들지 않을까요? 그 자식한테도 한방 먹이고요."

"보복당할 만한 짓을 하셨어요?"

"그런 거 없죠. 그 자식이 원래 학교 다닐 때부터 시기심이 좀 많았어요. 제가 잘되는 거 보고 배가 아픈 거죠."

"많이 잘되셨나 보네요."

"〈은혜의 밤〉이란 드라마 안 보셨어요? 제가 만든 겁니다. 올해 최고 시청률을 찍었습니다."

"제가 텔레비전은 보질 않아서요. 원래 욱하는 성격입니까? 만약 고객님을 노린 거라면 고객님이 뒤에서 들이받을 것까지 예상을 했다고 생각하는 겁니까?"

"그 자식은 잘 알죠."

"만약 고의로 그랬다고 해도 수동 모드로 한 게 아닐 수도 있어요."

"그럼 자율 주행 자동차를 시켜서 저를 약 올렸다고요? 그게 가능합니까?"

"자율 주행 자동차의 소프트웨어를 불법으로 펌웨어 업데이트하면 다양한 기능을 심을 수 있어요. 경찰차를 따돌릴 목적으로 회피 기능을 심는 사람들도 있고요, 주행속도제한을 잠금 해제하는 사람도 있고요, 추적 모드도 가능하고, 고객님의 경우처럼 보복 운전을 위한 진로 방해 모드를 심을 수도 있습니다."

"그럼 입증할 수가 없는 겁니까?"

"상대방의 자동차 소프트웨어를 조사해보면 되겠죠. 펌웨어 업데이트 이력이 남아 있을 겁니다."

"예, 탐정님만 믿겠습니다. 제가 보상을 바라는 게 아니에요. 그냥 약이 오르는 겁니다. 그 자식한테 돈을 물어줘야 하는 것도 약 오르고, 모든 과실이 저한테 있다는 것도 약 오르고, 그래서 그런 겁니다."

"5 대 5면 화가 좀 풀리시겠어요?"

"가능할까요?"

"불법 소프트웨어 조작을 입증해낸다고 해도 7 대 3 이상은 힘들 겁니다. 불법성이 인정된다고 해도, 사고와의 연관성을 입증하기는 쉽지 않을 거고요. 게다가 접촉 사고가 아니라 후면 추돌이니까요. 후면 추돌은 예전부터 무조건 10 대 0인 거 아시죠?"

"알죠. 아무래도 힘들겠네요."

"걱정 마세요, 제가 누굽니까. 자율 주행 자동차의 최고 전문가 이리 탐정입니다. 어떻게든 5 대 5까지 만들어드리겠습니다."

"그러면 너무 감사하죠. 믿고 기다리겠습니다."

이리는 CCTV를 확인하고 상대의 차가 불법 소프트

웨어를 장착한 자율 주행 자동차라는 걸 곧바로 알아차렸다. 동선을 보면 알 수 있다. 상대의 자동차는 정확하게 SUV의 길을 가로막았다. NBA 선수가 동네 꼬마를 데리고 길거리농구를 하는 것처럼 상대가 되지 않는 게임이었다. SUV 운전자가 화가 나는 게 당연했다.

이리는 스쿠터를 타고 상암동을 돌아다녔다. 사고 조사와 상관없이 드라이브하기 좋은 동네였다. 상암동은 자율 주행 자동차의 성지로 불렸다. 다른 지역에 비해 자율 주행에 대한 인프라가 가장 잘 갖춰져 있고, 도로 정비 역시 그에 걸맞게 진화했다. 많은 지역이 자율 주행 자동차와 인간이 직접 운전하는 자동차의 비율이 비슷한 데 반해 상암동만큼은 자율 주행 자동차의 수가 압도적으로 많다. 그런 이유로 서울에서 겉모습이 가장 급격하게 바뀐 동네가 상암동일 것이다. 방송국이 많다는 것도 자율 주행의 성지가 된 주요한 이유였다.

이리는 상암동 근처의 덕은동이라는 곳에서 태어났지만 집값이 급격하게 오르는 바람에 그곳에서 계속 살 수는 없었다. 많은 곳을 떠돌았고, 부모님이 돌아가신 뒤로는 덕은동이 고향이라는 생각도 하지 못하고 살았다. 예전 상암동을 떠올려보았지만 잘 생각나지 않았다. 방송국이 하나둘 동네로 들어오고, 수많은 건물이 하늘로 솟아오르고, 부서지고 또 부서지고 새롭게 생겨났다. 이리는 빨리 감기한 영상을 보듯 수많은 건물의 소멸과 탄생을 경험하며 어린 시절을 보냈다. 컴퓨터그래픽스로 만든 우주의 탄생과 소멸에 대한 영상을 본 적이 있는데 크게 다르지 않았다.

스쿠터를 타고 오랜만에 덕은동까지 가보았다. 예전의 모습은 거의 남아 있지 않았다. 작은 언덕이 있고, 흙길을 한참 걸어 올라가면 한강이 보였는데, 지금은 높은 건물들뿐이었다. 스쿠터를 돌려서 사고 현장으로 가려는데 전화벨이 울렸다. 모르는 번호였다. 보험 탐정이 가장 좋아하는 전화번호가 모르는 번호였다. 모르는 번호란 곧 고객이 될 사람이라는 뜻이니까.

"성실하게 밝혀드립니다. 보험 탐정 이리입니다."

이리는 최대한 믿음직스러운 목소리를 내보았다.

"일을 하나 부탁드리려고 하는데요."

상대방이 조용한 목소리로 말했다.

"아유, 부탁이라니요. 고객님은 왕이시니까 저한테 명령만 내려주시면 제가 곧장 현장으로 달려갑니다."

이리의 목소리는 더 이상 믿음직스럽지 않았고, 가벼운 종소리처럼 경쾌했다.

"자율 주행 자동차 전문이시라고 들었는데요."

"그럼요, 메이저 회사부터 독립 자율 주행 자동차까지 제가 모르는 차가 없고, 모르는 사고가 없습니다. 고객님 현재 계신 지역이 어디일까요?"

"상암동이요."

"상암동이요? 아니, 이런 우연이 어디 있습니까. 제가 지금 마침, 진짜로 거짓말이 아니라 상암동에 있거든요."

"아, 그러시구나. 혹시 덕은동 근처의 그 상암동일까요?"

"네?"

"덕은동에서 상암동 넘어가는 사거리에서 스쿠터 세워놓고 계시는 바로 그분이시구나. 맞죠?"

"저를 지금 보고 있다고요?"

"그렇죠, 보고 있죠. 직접은 아니고 CCTV로."

"너 누구야?"

"저요? 고객인데요? 왕 같은 고객."

"누구냐고! 누군데 나를 보고 있냐고."

"그렇게 화내지 마요. 이리 씨가 아는 사람이니까."

"누군데?"

"재이라고 합니다. 제 이름 아시죠?"

이리는 오른손으로 쥐고 있던 휴대전화를 왼손으로 옮겼다. 자신을 둘러싼 사방의 건물들을 훑어보았다. 수많은 CCTV가 숨어 있을 것이다. 그중 어딜 봐야 수화기 너머의 재이와 눈을 마주할 수 있을까. 이리의 손바닥에서 땀이 배어났다.

12

아카데미 극장에서 찾아낸 페트병의 조각에서 지문이 발견됐다. 송보라는 몇 개의 조각에서 발견된 지문을 직소 퍼즐 맞추듯 이어 붙인 다음 과학 연구소로 보냈고, 며칠 만에 신원이 밝혀졌다. 송보라는 이기영에게 전화를 걸었다.

"지문 결과 나왔어요."

송보라가 침착하게 말했다.

"맞혀볼까요?"

이기영이 말했다.

"그러고 싶으시면······."

"제가 퀴즈 맞히는 거 좋아하거든요. 음, 제 선택은 요……, 아카데미 극장 사장이요."

"추리의 근거는요?"

"실제로 폭탄을 설치한 사람이라면 지문을 남기지 않았을 겁니다. 강력한 폭탄도 아니어서 파편 속에 지문이 남을 걸 예상할 수 있는데 전문가라면 그렇게 허술할 리가 없죠. 그렇다면 지문이 남아도 수상하지 않은 사람, 음료수를 직접 판매기에 채워 넣는 사장이죠. 사장이라면 지문이 묻어도 이상할 게 없죠. 누구도 다치지 않게 하면서 자신의 극장에서 폭탄이 터진다. 보험금을 두둑하게 받아낸다. 이게 저의 추리입니다."

"지난번에 그냥 애들 장난일 수도 있다고 했잖아요. 폭탄을 만들어서 그냥 한번 터뜨려보고 싶었던 거라면 부주의했을 수 있죠."

"그러면 송보라 팀장님이 저한테 이런 목소리로 전화했을 리가 없어요. 우리가 알고 있는 사람이니까 결과가 나오자마자 저한테 연락했겠죠."

"그건 좀 예리하네요."

"맞았어요?"

"아뇨. 이름 조재이. 그날 홍지온 뒤에서 영화를 보고 있던 젊은 친구요."

"아……, 신원 조회해보셨어요?"

"네."

"특이 사항이 있어요?"

"수배 중이에요."

"수배?"

"1년 전에 랜섬 카 사건 때문에 한 번 체포된 적이 있고, 다른 사건 용의자로 지목됐다가 현재는 참고인 중지 상태예요. 배후는 따로 있고, 해킹 프로그램 돌려서 자동차를 납치한 게 조재이였나 봐요."

"수배 중인 사람이 추가 범행을 위해 폭탄을 터뜨린다……, 그것도 해커 역할을 하던 친구가 직접 현장에 나타나서 폭탄을 설치한다. 이상하지 않아요?"

"또 다른 배후로부터 사주를 받았을 수 있죠. 그때 사건 터지고 조재이 행적 쫓았었죠?"

"네, 잠깐만요. 여기 이름이……, 편의점에서 아르바이트하던 민시아와 아는 사이라고 했는데, 아직 민시아는 못 찾았어요.”

“이 형사님, 시간 괜찮아요?”

“저야 늘 한가한 편이라고 스스로 생각하죠.”

“제가 조재이 휴대전화 기록과 극장에서 나온 다음의 행적을 CCTV로 확인해볼게요. 허안수 씨를 만나보겠어요? 자리 배치상 허안수 씨가 조재이 뒤쪽에 앉았으니까 뭔가 봤을 수 있어요.”

“예, 그러잖아도 오늘 만날 예정이었어요. 지방 출장 갔다가 오늘 서울로 오거든요.”

“고마워요.”

“이제 우리 원 페어 정도는 잡은 건가요?”

“글쎄요. 원 페어라고 해도 낮은 원 페어일 거예요. 6 원 페어쯤?”

“힘이 필요한데 절대 안 주시네. 일단 다녀오겠습니다.”

이기영은 자신의 행선지를 밝히지 않고 경찰서를 빠져나왔다. 부서원들은 지난밤에 일어난 살인 사건 때문에 정신이 없었다. 아카데미 극장 사건은 잊힌 지 오래고, 살인 사건의 용의자를 밝히는 데 집중하고 있었다. 팀원들에게 미안했지만 아직은 용의자를 찾는 단계였기 때문에 이기영이 할 일은 많지 않았다.

이기영은 허안수에게 전화를 걸어 약속을 잡고, 그가 일하고 있는 회사로 향했다. 회사 이름은 '마니'였다. 이름만 듣고는 어떤 회사인지 알기 어려웠다.

종로의 허름한 건물 3층에는 엘리베이터도 없었고, 오르는 계단도 부실했다. 계단 한두 개가 폭삭 내려앉아서 지하실까지 수직 낙하한 사람이 있다고 해도 믿을 정도로 모든 시설이 낡아 보였다. 초고층 빌딩이 경쟁하듯 위로 솟구치는 동네가 있는가 하면, 모든 시설이 점점 아래로 꺼지는 듯 보이는 동네도 있었다. 건물 계단을 오르면서 이기영은 마음이 착잡해졌다. 누군가 인류의 가장 위대한 발명품이 '도시'라고 했는데, 이기영이 생각하기에 그 말은 반만 맞았다. 모든 인류가 도시에 사는 것은 아니다. 도시에 산다고 해도 모두가 도시의 혜택을 받는 것도 아니다. 어떤 사람은 오히려 그 위대한 발명품 때문에 전보다 더욱 소외되었다.

노크한 다음 '마니'라고 적힌 낡은 문을 열자 컴퓨터 앞에서 열심히 타이핑하고 있는 한 남자가 보였다. 머리는 헝클어졌고, 목 부근이 늘어난 하얀색 티셔츠는 좌우의 균형이 맞지 않아서 오른쪽 쇄골이 드러나 보일 정도였다. 앉아 있는 자세도 오른쪽으로 기울어 있어서 글을 빨리 쓰고 어딘가 가려는 사람처럼 보였다.

"저, 허안수 씨 맞습니까?"

이기영이 큰 소리로 말을 걸었다.

"아……, 거기 소파에 잠깐만 앉아 계시겠어요? 금방 끝납니다."

허안수가 이기영을 보지도 않고 대답했다. 타이핑 속도가 더욱 빨라졌다. 이기영은 사무실을 둘러보았다. 사무실이라고 하기에는 갖춰진 시설이 거의 없었다. 싸구려 합판으로 만든 책장에는 책들이 제멋대로 꽂혀 있고, 소파라고 하기에는 쿠션이 전혀 없어 보이는 2인용 의자가 구석에 외롭게 놓여 있었다. 검은색 테이블 위에는 박물관에나 놓여 있어야 할 듯한 큼지막한 유리 재떨이가 있고, 그 속에는 다양한 색의 꽁초가 들어 있었다. 요즘에도 실내에서 담배를 피우는 사람이 있다는 게 신기하다는 생각을 하고 있을 때 허안수가 키보드의 엔터키를 세게 두드리고 자리에서 일어섰다.

"예, 그……, 제가 시나리오를 쓰고 있는데, 지방 로케이션을 다녀왔더니 아, 아, 아이디어가 폭포수처럼 떨어져서요. 기다리시게 해서 죄송합니다."

"아뇨, 별로 기다리지는 않았습니다. 영화 만드는 일을 하시나 봐요?"

"예, 시, 시, 시나리오도 쓰고, 제작도 하고, 감독도 하고, 연기도 하고 그렇습니다."

"연기도요? 예, 다재다능한 분이시군요."

"여, 여, 연기하게는 생기지 않았나 보죠?"

"아닙니다. 세상에는 다양한 사람이 있으니 다양한 연기자가 필요하겠죠."

"감사한 말씀이네요."

"진심입니다."

"그날 사, 사건 때문에 오셨다고요?"

"예, 영화 보는 동안 특별히 기억날 만한 일은 없었습니까?"

"특별한, 어, 어떤 일이요?"

"허안수 씨 앞쪽에 앉아 있었던, 정확히 말하면 맨

앞에서 다섯째 줄 오른쪽 가장자리에 앉았던 젊은 남자를 기억하시나 하고요."

"저는, 영화 보는 데 가서는 영화에만 집중합니다. 한눈팔면 안 되고, 집중해야죠."

"영화에 집중하신다니까, 앞쪽에서 뭐라도 거슬리는 게 있었으면 기억나지 않을까요? 맨 뒤에 앉으셨으니까요."

"음……, 앞쪽에 앉은 사람 중 한 명이 상영 도중에 나간 것 같기도 하네요."

"그래요? 오른쪽 앞 아닙니까?"

"아, 그건 지난번 영화 때였나? 제가 영화를 많이 봐서 헷갈리네요."

"영화 상영 중에 극장 사장이 이벤트를 했다고 하던데요."

"이, 이, 이벤트요? 그런 걸 이벤트라고 하면 안 되죠. 그건 모독입니다. 히치 코크 감독님에 대한 모독이자 영화에 대한 모독입니다. 가, 가, 감히 어떻게 영화 상영 도중에 그걸 끊고……, 그, 그, 그 사람 미쳤어요."

"영화가 도중에 끊겼으니 관객석이 술렁였겠네요.

그때 상황을 기억합니까?"

"나, 나는 화가 나서 사장을 째려봤어요. 그따위 행동을 하고도 자랑스러워하더라고요. 자신이 재치 있다고 생각해요. 한심한 작자입니다."

"음, 그렇게 화가 날 일인지는 모르겠네요. 사장님도 잘해보려고 그런 거 아니겠습니까? 돈도 되지 않는 옛날 영화도 상영하고 여러모로 애쓰는 것 같던데요."

"다들 그렇게 생각하지만, 그 사람 인터넷으로 돈 많이 벌어요. 말도 안 되는 영화 용품 같은 거 비싼 가격에 팔고, 그것만으로도 벌이가 괜찮을걸요. 옛날 영화 상영하는 게 고맙긴 하지만, 마, 마, 마스킹도 제대로 안 하고, 음질도 엉망이란 말이죠."

"마스킹요?"

"그, 그, 그런 게, 있습니다."

"평소에 아카데미 극장에 쌓인 게 많은 모양입니다."

"쌓인 건 없어요. 한심한 수준이라는 겁니다. 형사님이 생각하시는 것보다."

"아카데미 극장은 오래 다니셨어요?"

"한 1년 되어갑니다. 대안이 없어서 갈 수밖에 없죠. 그래도 히치 코크 감독님의 영화를 큰 화면에서 볼 수 있는 기회니까. 이번 기회에 싹 다 리뉴얼이라도 하면 좋겠네요."

"불이 나서 좀 아쉬우실까요? 아니면 잘됐다 싶으실까요? 궁금하네요."

"그, 그, 그게 무슨 말씀입니까? 혹시, 제가, 그랬을 수도 있다고 생각하시는 겁니까?"

"아닙니다. 워낙 아카데미 극장을 싫어하시는 것 같아서 여쭤본 겁니다."

"히치 코크 감독님의 명언이 있습니다. 훌륭한 영화를 만들기 위해서는 세 가지가 필요하다. 들어본 적 있습니까?"

"인물, 사건, 배경 뭐 그런 거 아닙니까?"

"그건 소설의 3요소인가, 이야기의 3요소 아닙니까?"

"아, 그런가요? 얘기하세요. 제가 그쪽은 잘 몰라서요."

"세 가지가 필요하다. 첫째 좋은 시나리오, 둘째 좋

은 시나리오, 셋째 좋은 시나리오."

"단기 기억상실증이었어요?"

"비꼬지 마세요. 그만큼 좋은 시나리오가 중요하단 이야기입니다. 형사님이 저를 의심하는 건 전혀 논리적이지도 않고, 비밀스럽지도 않고, 아름다운 패턴도 아니라는 이야기입니다."

"범행을 부정하는 이야기치고는 참 거창하네요."

"제가 아카데미 극장에 불을 지를 이유가 있습니까? 하나라도?"

"형사는 모두를 의심해야죠. 시나리오도 그런 거 있지 않습니까? 등장인물 모두를 의심하게 만들어야 한다, 그런 거 아닌가요?"

"그런 건 하수들이나 하는 거죠. 고, 고, 고수는 범인을 밝혀놓고도 사건을 흥미롭게 만듭니다."

"현실의 형사는 그럴 일이 없습니다. 범인이 검거되면 이야기는 끝이 납니다. 교훈도 없고, 뒷얘기도 없고, 감동도 없고, 그냥 끝이 납니다. 그래야 다음 범인을 쫓을 수 있거든요."

"저, 혹시, 제가 나중에, 따로 한번 찾아뵐 수 있을까요, 경찰서에서?"

"저를요?"

"제가 지금 쓰고 있는 시나리오에 형사가 등장하는데요, 취, 취재가 좀 필요한……."

"글쎄요, 제가 좋은 형사는 아니라서요."

이기영은 허안수에게서 건질 만한 게 거의 없다는 걸 곧바로 알아챘다. 대화의 깊이는 시작하고 5분이면 판단할 수 있다. 허안수는 짧은 시간 동안 세 번이나 다른 사람으로 변했다. 처음에는 자신의 일에 푹 빠져서 타인은 신경 쓰지 않는 유형처럼 보였다가 두 번째는 영화를 지나치게 사랑하는 사람처럼 보였다가 세 번째는 자신의 이득에 도움이 될 만한 사람이 나타나면 티 나게 부드러워지는 유형으로 바뀌었다.

유일하게 얻어낸 정보라고는 영화 상영 도중에 누군가 분명히 자리에서 나간 사람이 있다는 것, 그 사람이 용의자가 될 확률이 높다는 것, 그리고 그 사람이 조재이일 가능성이 짙다는 것.

"이만 가봐야겠네요."

"제가 이 명함으로 연락드리면 될까요? 그날에 대한

기억이 갑자기 떠오르거나, 그, 그, 그리고 또 여쭤볼
게 있거나 하면요."

"그러시죠."

이기영은 자리에서 빠르게 일어났다.

"여기 '마니'는 무슨 뜻인가요?"

"마니요? 제가 만든 회사 이름입니다. 마니 필름. 여
기 명함 드릴게요. 히치 코크 감독님의 영화 제목입니
다."

"아, 그런 영화가 있군요. 제일 좋아하는 영화인가
봐요?"

"아닙니다. 마니라는 여자가 계속 이름을 바꾸거든
요. 머리 색깔도 바꾸고 옷도 바꾸고. 그렇게 계속 바
뀌면서, 다양한 영화를 만들겠다는 뜻입니다."

"아, 그런 뜻이군요. 저는 히치콕 감독 영화는 〈사이
코〉 이런 것밖에 몰라서요. 그런데 허안수 씨는 계속
히치 코크 감독이라고 하시네요?"

"왜 히치콕이라고 하지 않냐 그 말이죠?"

"다들 히치콕이라고 하지 않나요?"

"저, 저, 저는 그렇게 부르는 게 좋습니다. 히치 코

크 감독님 영화는 전부 다 히치하고 코크하니까요."

"히치하고 코크하다?"

"히치가 매듭이라는 뜻이고요, 코크는 발사하기 직전의 상태라는 뜻이 있어요. 딱 들어맞지 않습니까? 발사되기 직전의 총이 지닌 긴장감도 있고, 비밀스러운 매듭도 많잖아요. 우, 우, 우리의 히치 코크 감독님은 자신의 이름에 걸맞은 영화를 만드신 겁니다."

"그러면 영화사 이름을 히치나 코크, 아니면 히치와 코크로 하지 그랬어요? 아, 그러면 코카인 파는 회사로 오해받을 수도 있겠네요. 하, 하, 하."

이기영이 소리내어 웃는데도 허안수는 웃지 않았다. 허안수는 또다시 영화를 지나치게 사랑하여, 순수한 영화에 흠집이 나는 걸 싫어하는 사람으로 바뀌었다. 이기영은 서둘러 건물 밖으로 나왔다.

이기영은 주차장으로 걸어가면서 허안수의 말을 생각했다. 좋은 시나리오. 좋은 시나리오가 어떤 것인지는 알지 못하지만 좋은 수사가 어떤 것인지는 조금 알고 있다. 폭탄에서 조재이의 지문이 나왔다. 그는 수배 중이고, 사건 이후에 갑자기 사라졌다. 단순한 시나리오이다. 그에게 좋은 시나리오란 단순하고 명확한 시나리오였다. 두 겹 세 겹으로 꼬여 있는 복잡한 플롯보다 선명한 동기, 확실한 증거, 용의자의 이력이면 충분했다. 이기영은 자동차 시동을 걸면서 형사에게도 빨리 자율 주행 자동차를 지급하면 좋겠다는 생각을 했다. 이럴 때 눈이라도 감고 생각을 정리할 수 있다면 업무에 큰 도움이 될 텐데. 이기영은 두 손으로 핸들을 붙들었다. 눈을 부릅뜨고 전방을 주시했다.

13

재이 친구들의 사무실 문을 열었을 때 공상우는 숨이 턱 막히는 기분이 들어서 자신도 모르게 작은 비명을 내질렀다. '허걱'보다는 '흐윽'에 가까운 신음이었다. 민시아와 이지우는 조용하고 담담했다. 예전의 모습이 어땠는지 상상도 할 수 없게, 사무실의 모든 집기들은 부서져 난장판이 되어 있었다. 컴퓨터, 모니터, 책상, 책장, 청소기 들의 부속품들이 부서진 채 나뒹굴고, 어디선가 악취도 나는 것 같았다. 공상우는 천천히 발을 내디뎠다. 유리 조각이 으깨지는 소리가 들렸다. 플라스틱 조각이 바스라졌고, 키보드에서 뽑힌

글자판이 밟혔다가 튕겨져 나갔다. 반지하의 유리창으로 하루의 마지막 햇볕이 스며들었고, 고양이 두 마리가 창문 안을 들여다보았다.

"이게 다 무슨 일이지. 점점 불안해지네. 어디 있는 거야, 재이."

공상우가 혼잣말을 했다.

"최근에 벌어진 일 같아. 쓰레기 더미에 내려앉은 먼지가 두껍지 않아."

민시아가 모니터 위를 손가락으로 쓸고 나서 말했다.

"무슨 일이 생기긴 한 것 같지?"

"확실히 평범한 사무실은 아니네. '해커들 작업 환경이 지저분한 것은 프로그래밍의 복잡성이 현실에 고스란히 투영되는 것이다.' 책에서 읽은 내용인데, 아무리 그래도 이렇게 해놓고 일하진 않겠지?"

"박살 난 컴퓨터를 챙겨 가지도 않았어."

"누군가가 갑자기 들이닥쳤나?"

"아니면 누군가를 피해서 모든 걸 파괴하고 갑자기 떠나야 했거나."

"상우 너는 네 컴퓨터를 이렇게 무자비하게 부술 수

있겠어?"

"절대 못 하지. 내가 시간을 되돌릴 수 있는 초능력이 있다면 지금 쓰겠어. 몇 백만 원어치는 되겠다."

"공상우, 역시 현실을 모르는군. 몇 천만 원어치는 될 거야. 그 안에 있는 데이터가 뭔지는 모르겠지만 몇 억일 수도 있고."

공상우와 민시아는 사소한 증거라도 찾기 위해서 컴퓨터 파편을 헤집고 다녔다. 최소 세 대의 데스크톱 컴퓨터가 박살 난 현장이었고, 구멍 난 노트북도 보였다. 공상우는 노트북을 들어서 키보드를 건드려보았다. 아무런 반응도 없었다. 부서진 컴퓨터들을 발로 툭툭 건드려보던 공상우는 소파를 밟고 올라가 등받이에 걸터앉았다. 방의 전모를 파악하기에 괜찮은 위치였다. 문과 창문이 모두 보였고, 아수라장이 된 현장을 내려다보기에 좋은 높이였다. 민시아도 공상우의 옆에 걸터앉았다.

"재이, 대체 어디로 간 거야."

이번에는 민시아가 중얼거렸다.

"우리가 한발 늦은 것 같지? 아니면 열 발 정도."

공상우가 고개를 왼쪽으로 떨구며 힘없이 말했다.

"나는 그래도 다행이라고 생각해. 지금 여길 보면 어떤 폭력의 현장이 느껴지지 않아? 핏자국은 보이지 않지만 뭔가 격렬한 일이 이뤄졌겠지? 도서관에서 행위 예술 사진집 보았을 때처럼 이미지만으로 에너지가 느껴져. 우리가 여기 있었다면 누군가가 다쳤을지도 몰라. 흔적뿐인데도 에너지가 느껴져. 부수려는 사람도 있었을 거고, 지키려는 사람도 있었을 거고."

"도망치려는 사람도, 쫓아가려는 사람도 있었을 거고."

"그러다가 잡힌 사람도……, 있었을까?"

"그게 재이일까?"

"아……, 그럼 정말 곤란한데. 곤란하다, 정말."

민시아는 한숨을 내쉬며 고개를 옆으로 기울였다. 고개를 옆으로 하자 보이지 않던 것들이 보였다. 컴퓨터 모니터가 넘어진 방향, 의자들이 널브러진 위치, 사람들이 스쳐 갔을 모든 동선들이 눈에 보이는 것 같았다. 고개만 90도로 꺾었을 뿐인데 전혀 다른 것들이 보였다. 창가에 있던 고양이가 다정하고 애달픈 소리를 냈다. 두 사람의 고개가 동시에 창문으로 향했다.

언제 밖으로 나갔는지 거기에 이지우가 앉아서 고양이의 몸을 쓰다듬고 있었다. 털을 어루만지고 있었다. 간단한 접촉이라기보다는 대화처럼 보였다. 이지우가 털을 쓰다듬으면 고양이가 한마디씩 어떤 이야기를 내뱉는 것처럼 보였다.

"이지우, 또 초능력 발휘한다."

민시아가 말했다.

"참 봐도 봐도 신기해. 이젠 확실히 믿어? 지우가 동물과 대화하는 거?"

공상우가 물었다.

"믿지. 100퍼센트 믿지. 인간의 언어로 대화를 나누는 건 아니겠지만, 그럴 수도 없겠지만, 이 세상에는 언어로 하는 소통 말고도 연결되는 경우가 많으니까."

"대화하는 것 같지 않아? 지우가 고개를 끄덕이잖아."

"고양이 목격자······. 법원에서는 증인으로 채택해 주지 않겠지만 우리에겐 꼭 필요한 분이네. 책에서 봤는데, 고양이 중에는 왼손잡이가 많대."

"책 좀 그만 봐."

"왜?"

"맨날 이상한 정보만 가득해지잖아. 그러다가 네 머리가 폭발할 것 같아."

"진짜? 책 읽는 민시아가 싫으면 안 되는데……."

"왜?"

"책 읽는 민시아를 싫어하는 공상우를 민시아가 싫어할 테니까."

"계속 봐. 폭발하면 내가 폭발물 처리반이 되어줄게."

"상우 너도 왼손잡이지?"

"난 양손잡이에 가깝지. 어릴 때부터 오른손 쓰는 연습을 계속해서."

"너한테도 실험해봐야겠다."

"무슨 실험?"

"고양이가 왼손잡이인지 아닌지 어떻게 알아내는지 알아? 투명한 유리컵 안에다 고양이가 좋아하는 간식을 넣어둬. 그리고 고양이가 잘 볼 수 있는 공간에 둬. 유리컵 안에 어떤 발을 넣는지 보면 돼."

"그걸 나한테 하겠다고? 이미 내용을 알고 있는데?"

"바보. 본능이란 그렇게 희미한 게 아니야. 네가 머리로 알고 있더라도 맛있는 간식을 보면 본능적으로 너의 내면에 숨어 있던 앞발이 튀어나올 거야."

"벌써부터 기대된다. 어떤 맛있는 간식이 등장할지."

"메뉴 주문해."

"그래도 실험인데, 메뉴만큼은 네가 알아서 해줘. 메뉴까지 내가 정했는데도 실험인 걸 알아차리지 못하면 내가 너무 비참할 것 같아."

"그래. 기대해. 어, 지우 온다."

민시아는 공상우의 어깨에 기댔던 고개를 들고 소파 아래로 뛰어내렸다. 공상우가 뒤를 따랐다.

"좀 찾았어?"

이지우가 문을 열고 들어오며 물었다.

"아니, 폐허가 된 유적지에 온 느낌이야. 우린 지우 널 보고 있었는데? 네가 목격자랑 이야기하는 거 봤지. 고양이들이 뭐래?"

민시아가 물었다.

"음, 목격자처럼, 사건 현장을 본 것처럼 그러면 좋겠지만, 정확한 설명은 없어. 관심이 없어, 워낙. 고양이들은 전부 다 그래."

"단서가 없어?"

"이미지 몇 개, 고양이들이 파편적으로 기억하고 있는 장면 같은 걸 봤어. 피는 없었고, 다친 사람도 없었고, 그냥 부수는 사람, 화가 나서 몽둥이로 내려치고, 발길질하고."

"우리 추측이 맞았네. 이런 현장에 핏자국이 없는 걸로 봐서 싸움은 없었던 것 같다고 했거든."

"싸움은 없었어. 먼지가 나서, 플라스틱이 튀어서, 그냥 창가로 뛰어올라갔고, 먼지가 자꾸 나서 더 보지 않고 저쪽으로 가버렸나 봐. 다른 고양이들은, 그랬나 봐."

"고양이들이 많았나?"

"응, 서넛이 함께 살았나 봐. 예전에 여기 살던 해커 친구들이 식사를 잘 챙겨줬대. 특식도 있었고."

"특식 먹었다는 얘기도 해?"

"식사를 챙겨준 친구들 떠올리다가, 곧바로 생선,

맛좋은 살코기, 뾰족뾰족 뼈를 떠올리면서 혀를 한 바퀴, 360도로 횡 하고 돌렸어. 맛있었는데……, 그런 표정."

"아쉽겠네. 식사 챙겨주던 친구들이 떠나서."

"아, 저거다. 저 파이프였다."

이지우가 이야기를 하던 도중에 벽 쪽에 있던 쇠 파이프 하나를 집어 들었다. 손을 옷 속으로 감추고 지문이 묻지 않게 조심했다.

"그게 증거가 될 거 같아?"

"응, 이걸로 내려치는 걸 봤는데, 장갑은, 없었던 것 같아. 그러니까 지문이 묻었을 수도 있지."

공상우는 메고 있던 백팩에 쇠 파이프를 넣었다. 지퍼가 완전히 닫히지 않고 쇠 파이프가 살짝 삐져나왔다.

"백건 코치님이 지문 찾아낼 수 있겠지?"

"그럴 거야. 연락해보고 그쪽으로 합류하자. 우리가 더 할 수 있는 일은 없겠어."

공상우는 백건에게 전화를 걸었다. 신호가 울렸지만 받지 않았다. 정인수에게 전화를 걸었다. 역시 받지 않았다. 유진에게 전화를 하려는데 정인수에게서 전화가 왔다.

"어디야? 전화가 안 되던데?"

"엘리베이터라서 그랬나 봐. 여기 겁나 높아서 신호가 잘 안 잡히나? 어떻게 됐어? 만났어?"

"아니. 가서 자세히 말해줄게. 하도수는 만났어?"

"지금 엘리베이터 타고 올라왔어. 백건 아저씨가 경찰인 것처럼 막 꼬치꼬치 캐묻고 협박해서 겨우 들어왔어. 이쪽으로 올 거야?"

"응, 그쪽으로 갈게."

정인수는 전화를 끊고 안내받은 대기실로 들어갔다. 백건은 주변을 둘러보고, 한모음은 휴대전화로 음악을 고르고, 유진은 바닥 타일의 패턴을 내려다보았다. 벌집을 닮은 육각형의 패턴이었는데, 모든 육각형의 색이 달라서 이걸 만든 사람이 얼마나 고심했는지 알 수 있었다. 유진은 육각형을 이리저리 살피면서 색 배치의 일관성을 찾아보려 했지만, 그런 것은 없어 보였다.

"대표님이 10분 후에 도착하시는데요, 시간이 많지는 않으니 이해해주시고요."

대기실 문을 열고 들어온 남자 직원이 공손하게 말했다. 알아서 일찍 꺼지라는 뜻이 말 속에 숨어 있었다.

"아유, 그럼요. 바쁜 시간 쪼개고 쪼개서 만나주시는 것만으로도 감사합니다."

백건이 벌떡 일어서며 말했지만, 고맙다는 말인지 비꼬는 것인지 경계가 모호했다. 남자 직원은 그 정도 뉘앙스를 눈치챌 만큼 예민하지 않았다. 정확하게 10분이 지나자 문이 열리고 하도수가 사무실로 들어왔다. 사무실에 있던 열두 명의 직원이 자리에서 바로 일어섰고, 하도수는 빠른 걸음으로 자신의 방에 들어갔다. 남자 직원이 손을 들어 들어가도 좋다는 신호를 보냈다.

하도수는 머리카락이 무척 까맸다. 앞머리는 살짝 벗어졌지만 머리숱은 많았고 눈썹도 진했다. 뭉툭한 코가 한가운데서 강력한 힘을 발휘했고, 그 아래 얇은 입술이 미세하게 그어져 있었다. 마른 편은 아니었지만 살이 쪘다기보다 덩치가 좋은 편이어서 야구 선수 출신이라고 생각해도 될 정도였다.

"직원들을 협박하셨다고요?"

하도수가 미소를 머금으면서 말했다.

"협박이라뇨. 제가 경찰도 아닌데 무슨 협박을 합니까? 그냥 정보를 살짝 흘렸더니 이렇게 또 만나게 해주시네요."

백건이 과장되게 웃으면서 말했다.

"누굴 찾으신다고요?"

"그건 그렇고 회사가 좋네요. 에이-아이라면 인공지능 만드는 그런 곳인가요?"

"그건 '아티피셜 인텔리전스'고요, 저희는 최고의 눈을 뜻하는 'A─Eye'입니다."

"아, 말장난 같은 거군요?"

"보통은 언어유희라고 하죠."

"제가 유희적 인간이 못 돼놔서 죄송합니다."

"다시 여쭤볼게요. 누굴 찾으신다고요? 그리고 같이 오신 어린 친구들은 대화에 별 관심이 없으면 나가서 회사 구경이라도 하시는 게 어떨까요?"

하도수가 세 명을 한심한 듯 바라보면서 말했다. 한모음은 노이즈캔슬링 헤드폰을 쓴 채 천장을 보고 있었고, 유진은 대기실과 똑같은 바닥의 패턴을 유심히 분석하고 있었고, 정인수는 하도수 뒤의 커다란 창 너머로 펼쳐진 서울의 풍경에 감탄하고 있었다. 하도수의 말에 집중하는 사람은 없어 보였다.

"재이를 찾고 있습니다."

백건이 하도수의 주의를 돌리기 위해서 재빨리 말했다.

"재이라면, 조재이를 말씀하시는 건가요?"

하도수가 물었다.

"갑자기 사라졌는데 재이에게 마지막으로 연락한 게 하도수 씨가 아닌가 하는 의심이 들어서 이렇게 찾아오게 됐습니다."

"최근에 조재이 씨를 만난 적이 없는데요. 저를 찾아온 근거는 뭔가요?"

"오래전 형사였던 제 육감이랄까요. 그리고 재이는 친구가 별로 없어요. 없는데, 재이 책상 위에 하도수 씨 명함이 잘 모셔져 있더라고요. 재이가 하도수 씨를 존경한 게 아닌가 그런 생각을 해봤습니다. 이렇게 직접 만나 뵈니까 존경할 만하다는 생각이 들어서 더욱더 재이의 행방을 아실 것 같다는 생각이 드네요."

"비꼬는 걸 잘하시네. 그런데 그거 아십니까? 세상

에서 비꼬는 게 제일 쉬운 일이에요. 스스로는 무척 재치 있다고 생각할지 모르겠지만, 비꼬는 건 원래 있던 걸 그냥 한번 꼬는 것뿐이거든요. 뭔가 만들지도 못하는 사람들이, 창조적이지 못한 사람들이 그저 남이 해놓은 걸 비꼬기만 하죠. 죽지 않는 플레이어로 끝판까지 가는 게 뭐 어렵겠습니까? 정면 승부가 힘든 거지. 비꼬지 않고, 거들먹거리지 않고, 실력 대 실력으로 이기는 게 진짜죠."

"실력 대 실력이라……, 제 실력을 알게 되면 너무 놀라실 텐데요."

"저희 회사는 라이다를 만드는 회사입니다. 혹시 라이다라고 들어보셨습니까?"

"레이더 아니고요?"

"레이더는 전자기파를 사용해서 주변의 물체를 감지하는 거고요, 라이다는 레이저 광펄스를 사용해서 표면 위의 물체의 크기와 위치와 형태까지 알 수 있는 기술입니다. 레이더는 거기 뭔가 있다라고만 알지만, 라이다는 거기 어떻게 생긴 놈이 어떤 모습을 하고 앉아 있다까지 아는 겁니다. 이해 갑니까?"

"뭐, 좋은 기술이네요."

"라이다에서 방출된 레이저 광펄스가 장애물에 도달했다가 다시 돌아오는 신호를 통해서 세부 사항을 알게 된다는 얘기입니다. 제가 왜 레이더 대신 라이다를 연구하고 생산하는지 아십니까?"

백건은 하도수 같은 사람을 자주 보았다. 지나치게 유명하거나 하고 있는 일이 구린 사람은, 중간중간 저런 질문을 갑자기 던진다. 상대방이 당황하는 모습을 통해서 자신이 주도권을 잡고 싶기 때문이다. 권력의 맛을 아는 사람들, 지고 싶지 않은 사람들, 지고 있어도 그렇다고 말하지 못하는 사람들, 몸이 아플 때도 저 눈빛만은 잃지 않는 사람들……, 백건이 보기에 하도수는 그런 부류였다.

"시험 같은 거면 종이하고 펜부터 주시겠어요?"

백건이 비아냥거리자 정인수가 피식 웃었다. 하도수가 두 사람을 번갈아 쏘아보았다.

"저는 누구보다도 대화를 좋아합니다. 상대방을 통해서 나를 알 수 있죠. 우리는 함께 존재하고, 타인의 의견을 통해 저를 수정해 나갑니다. 인간이 곧 라이다

인 셈입니다. 신호를 보내고, 신호를 받고, 정체를 알고, 다시 신호를 보내고……. 아시겠어요?"

하도수는 진지하게 말했지만 유진이 갑자기 커다란 콧바람 소리를 내는 바람에 엄숙한 분위기가 순식간에 사라졌다.

"뭐가 웃깁니까?"

하도수가 목소리를 낮추며 물었다.

"아닙니다. 안 웃겨요. 계속 이야기하세요. 원래 제가 알레르기가 좀 있어서 그래요. 이상한 비유나 은유 같은 거 들으면 몸에 있는 바람이 빠져나와요. 죄송합니다."

유진은 웃지 않고 말했다.

"제가 당신 같은 사람들하고 얘기하고 있을 이유가 없네요. 저는 조재이 씨의 행방을 모른다고 말씀드렸고요, 어디로 갔는지 짐작조차 못 하겠습니다. 제 답변은 이걸로 끝입니다. 경찰을 부르기 전에 이제 나가주시죠."

하도수가 목소리를 높이면서 자리에서 일어섰다. 백건과 유진과 정인수와 한모음도 일어설 수밖에 없었다. 네 사람은 엘리베이터에서 아무 말도 하지 않았다.

"우와 배고파. 일단 밥부터 먹으러 가자. 뭔가 구린 구석이 있어 보이지? 너희들은 어땠어?"

거리로 나왔을 때에야 백건이 입을 열었다.

"그 사람, 손가락으로 계속 글씨를 타이핑하고 있었어요."

유진이 걸으면서 말했다.

"그래? 난 못 봤는데?"

"아저씨는 당연히 못 보죠. 저니까 볼 수 있는 거죠."

"그래 잘났다, 유진. 뭐라고 썼는데?"

"바보들."

"바보들?"

"왼쪽 새끼손가락으로 'ㅂ' 치고, 오른손으로 'ㅏ' 치고, 다시 'ㅂ' 치고, 다시 'ㅗ' 치고, '들'은 칠 때도 있고, 안 칠 때도 있고, 아무튼 '바보'를 계속 반복했어요. 눈앞에 있는 사람한테 악플을 다는 게 취미인가 봐요."

"대단해, 유진."

유진과 백건이 대화하는 동안 정인수는 수첩에다

무언가를 계속 적었다. 말을 걸어도 대답하지 않더니 백건에게 수첩을 내밀었다.

"직원 책상 앞에 붙어 있던 '주요 거래처 전화번호'예요. 혹시 나중에 도움될지도 모르잖아요."

백건은 정인수가 내민 수첩에 가득 적혀 있는 숫자를 놀라운 표정으로 바라보았다.

"너희들 정말 초인간들이구나. 대단해. 한모음 너는 뭐 없어?"

백건이 한모음을 바라보았다. 한모음은 여전히 헤드폰을 쓴 채 대꾸하지 않고 계속 걸었다. 네 사람은 근처에 있는 이탈리언 레스토랑으로 들어갔다. 네 사람이 식당에 들어가서 자리를 잡을 때쯤 공상우, 민시아, 이지우가 도착했다. 각자 얻은 정보를 공유하고 주문한 파스타를 먹으려고 할 때 한모음이 입을 열었다.

"아, 이제 무슨 얘긴지 알겠다."

한모음이 그렇게 큰 소리로 이야기를 한 적이 거의 없었기 때문에 모두 동작을 멈추었다.

"무슨 얘기?"

민시아가 물었다.

"하도수 방에 있을 때 옆방에서 어떤 소리가 들렸어. 작고 작은 소리였는데, 속삭이고 있었는데, 그게 무슨 소리인지 궁금해서 귀를 기울이다가 오는 길에 소리의 해상력을 높여봤어. 피치도 올리고 트레블도 높이고 베이스를 줄였다 껐다 높였다 낮췄다가 볼륨을 높여보고 노이즈를 없애보고, 소리들을 쪼갰다가 이었다가 잘라서 여기저기로 붙이고 새롭게 연결했더니, 이제 소리들이 다 이어졌어."

한모음은 빠른 속도로 말했다. 초클 친구들은 랩 공연을 보는 관객들 같은 표정이었다.

"그래서 어떤 이야기인데?"

민시아가 다시 물었다.

"조금만 시간을 줘. 더 선명해질 거야."

한모음이 쓰고 있던 헤드폰을 벗어서 식탁 위에 올렸다.

14

친구들은 히드라 타워에 올라갔다. 정인수는 "재이를 찾기 위해서는 한 번쯤 높은 곳에서 내려다보는 시각이 필요해"라는 말도 안 되는 핑계를 댔고, 나머지 친구들은 말도 안 되는 핑계라는 걸 알았지만 모른 척 동의했다. 한번쯤 올라가보는 것도 나쁘지 않지. 이해한다. 한 시간이면 돌아올 것이다.

나는 그사이 '에이-아이' 사무실에서 들었던 소리들을 좀 더 정확하게 재현해볼 생각이다. 그리고 높은 곳이라면 질색이다. 소리가 완전히 사라지는 우주로 갈 수 있다면 모르겠지만 꿈에서 들릴 법한 굉음이 나는 고층은 견딜 수 없다. 딱 한 번 높은 곳에 올라가본 적이 있는데, 정말이지 토할 뻔했다. 지금 내가 앉아 있는 히드라 타워 1층의 카페에는 축소한 히드라 타워의 모형을 세워놓았는데 보기만 해도 아찔하다.

헤드폰의 음량을 한계치까지 끌어올린다. 지금 듣고 있는 음악은 '소닉 유스Sonic Youth'다. 머릿속에 저장해둔 소리의 해상력을 높이는 데 소닉 유스만 한 밴드가 없다. 나는 지독한 소음 속에서 제대로 된 대화를 끄집어낼 것이다. 내가 좋아하는 노래 〈Drunken Butterfly〉가 흘러나온다. 음량을 끌어올리면 『월든』에 나오는 말처럼 "세상에는 나와 어둠만이 남는다". 그리고 내 식대로 말하자면 소리의 어두운 심연에는 사람의 때가 묻지 않는다. 『월든』에서 「고독」이라는 장을 좋아한다. "우리는 너무 자주 만나고 충분히 떨어져 있지 않다"라는 문장에 얼마나 두껍게 밑줄을 그었는지 모른다. 초클 친구들이 생긴 지금도 그 생각에는 변함이 없다. 친구들과 함께할 때도 있지만 이렇게 혼자 있을 때면 내장에서부터 밀려오는 충만함이 느껴진다.

이제 소리에 집중해보자. 하도수의 방에 들어가자마자 소리가 들렸다. 음파를 비교해보면 두 사람인 것 같다. 다행이다. 혼자 있었다면 아무리 심심했어도 대화를 하지는 않았을 테고 나한테 걸리는 일도 없었겠지.

조용히 해, 녹음…… 있지?

이건 쉽게 들을 수 있다. 한동안 소리를 내지 않다가 재이를 찾고 있다는 말에 반응했다.

지금 말하는…… 경찰 출신…… 로비에서.

아마 백건 아저씨의 신상을 조사하는 중이겠지. 한 사람은 콧바람이 유독 커서 몇 개의 단어를 잡아내기 힘들었다.

몰라, 몰라. 아무것도 모르고…….

이야기를 들어보니 우리가 아무런 단서도 없이 무작정 온 것이라 추측하는 모양이다. 정확한 분석이지. 우린 진짜 아무것도 몰랐으니까. 우리가 모르는 걸 좋아해준 당신들 덕분에 우린 뭔가 비밀이 있다는 걸 조금 알게 됐으니까.

짜증…… 정체가…… 저 새끼.

백건 아저씨의 화법에 짜증이 나는 모양이다. 이해

한다. 우리도 가끔 짜증이 나니까.

걱정 없어, 괜히 겁먹었어. 대표님이 잘 참았네.

긴장이 풀렸는지 벽 뒤의 한 남자가 조금 큰 소리로 말을 하는 바람에 이 부분은 확실히 들렸다. 내가 중요하게 생각하는 부분은 그다음이었다. 우리가 하도수의 방문을 열고 나왔을 때 분명히 어떤 말을 했는데 그 소리가 잘 들리지 않았다. 음량을 더 키우고 머릿속에 저장한 말을 떠올려보았다. 연락이라는 단어가 들렸다. 나의 귀가 그 방으로 날아갔다. 두 개의 귀가 둥둥 떠다니면서 대화를 엿들었다. 눈을 질끈 감고 모든 감각을 총동원하여 몇 분 동안 그 방에 머무르고 나서야 겨우 의미를 파악할 수 있었다.

간다고 연락해. 우리가 먼저 찾아야 해. 내일이면 전부 끝나.

100퍼센트는 아니지만 대충 이런 내용이었다. 우리의 방문이 완전한 헛수고는 아니었던 모양이다. 일단 네 가지는 알게 되었다. 첫째, 하도수는 재이의 실종과 상관이 있다. 둘째, 하도수 역시 재이를 찾고 있다. 셋째, 우리보다 먼저 재이를 찾으려는 이유가 **빨리 재이**

를 찾아서 맛있는 걸 사주기 위해서는 아니다. 넷째, 내일 중요한, 어떤 일이 일어난다.

나는 백건 아저씨에게 전화를 걸어서 알아낸 내용을 알렸다. 아저씨는 우리가 사무실을 나온 직후 하도수 사무실에서 발신된 전화를 조회했다. 정인수가 기억해놓은 전화번호 중에서 거의 비슷한 번호가 확인됐다. '제너럴 손해보험'이라는 곳이었다. 곧바로 내려올 거니까 다른 데 가지 말고 기다리고 있으라고 정인수가 전화로 말했다. 내가 가긴 어딜 가겠어. 친구들과 함께해야지. 초클의 공식 연대기 작가가 함부로 자리를 뜨면 안 되지.

15

이리는 스쿠터를 몰고 재이가 알려준 주소로 갔다. 이리가 태어난 덕은동에서 멀지 않은 곳이었다. 아직도 서울에 이런 시골이 있나 싶을 정도로 낡은 공장이 많았고, 정리되지 않은 공터가 수두룩했다. 폐자재들이 녹슨 채 뒹굴고 있었다. 스쿠터를 타고 자갈이 많은 흙길을 달리고 있자니 어린 시절이 떠올랐다. 재이가 알려준 곳에는 아이들이 대충 짜맞춘 듯 엉성한 조립식 건물이 하나 서 있었다. 한때는 베이지 색이라고 불렸을 법한 회백색 벽에는 아마추어 그래피티 화가들이 그려놓은 낙서가 남아 있었다. 이리는 문을 두드렸다. 한참 기다렸다가 한 번 더 두드려야 하나 싶을 때 문이 열렸다. 재이가 반갑다는 표정을 지어 보였지만 이리는 반응하지 않고 안으로 들어갔다. 큼지막한 내부의 한구석에 모니터 여섯 대가 보였고, 화면들이 수시로 바뀌고 있었다. 이리는 자리에 앉아서 재이를 노려보았다.

"찾느라 힘들지 않으셨어요? 워낙 촌동네여서 내비게이션에도 잘 안 나와요."

재이가 생수통에서 물을 따라 건네며 말했다.

"저 모니터로 나를 보고 있었나 보네. 빨리 본론으로 넘어갑시다."

이리가 팔짱을 끼면서 대답했다.

"제가 정확히 어떤 일 하는지 아세요?"

재이가 검지손가락으로 자신의 가슴을 콕콕 찌르며 말했다.

"알죠. 납치 전문 해커."

이리는 팔짱 낀 채 어깨를 으쓱했다.

"다들 그렇게 아시네. 그 사건은 이미 죗값을 치렀어요. 지금 의심받고 있는 사건은 제가 한 게 아니고요."

"알 수 없지."

"맞아요. 알 수 없죠. 실은 저도 의심이 들어요. 내가 자고 있는 사이에 또 다른 내가 컴퓨터 앞에 앉아서 이상한 짓을 벌이고 있는 건 아닌가. 사건을 조작하고 진실을 감추고……, 그럴 수도 있어요."

"나를 찾아온 이유가 뭡니까?"

"제 이야기를 들어주실 분이고, 숨어 있는 정의를 밝혀주실 분이라고 생각했어요."

"정의? 난 그런 건 모르는데?"

"3개월 전에 자율 주행 자동차 손목치기 사건 해결하셨잖아요. 그때 사건 내용을 듣고 짜릿했어요."

"그거야 뭐, 보험 업계에서 자율 주행 자동차 전문이 별로 없으니까, 갑자기 주목을 받은 거죠."

"겸손하시기까지……."

"내가, 그렇게, 막 띄워준다고, 갑자기 흐뭇해지면서 너그러워지고, 반드시 호기로워지고 그런 사람은, 아니에요, 내가."

"그때 오른쪽 백미러 라이다 센서 오작동을 밝혀냈잖아요. 손목치기 그 자식들, 한 달에 20건이고, 누적으로 하면 200건 가까이 되는데 아무도 현장을 못 잡고, 수법을 밝혀내지 못한 게 말이 됩니까? 경찰도 못했고 엄두도 내지 못했던, 그 어려운 걸 이리 씨가 하셨잖아요."

"그건 좀 그랬지."

"그런데 그거 아세요? 손목치기 배후에 누가 있는지?"

"배후?"

"네. 수사 기록에는 손목치기들이 라이다 사각지대에서 갑자기 튀어나온 걸로 정리됐지만, 유독 라이다 센서 오류가 많았잖아요."

"맞아, 그랬죠."

"누군가가 라이다 센서를 조작했다면 어떨 것 같아요? 손목치기들이 등장할 때마다 라이다 센서가 오작동 되게 한 다음에, 쿵, 손목으로 자동차를 치고, 나 자빠지면 알 길이 없죠."

"누가 그런 짓을?"

"손목치기 일당들이 낸 자동차 사고가 지금까지 모두 193건이고, 그중에 자율 주행 자동차 사고가 151건인데, 151건 사고의 라이다 센서가 동일 회사 제품이라면요?"

"아, 그건 기억나요. '그랜드 비전'에서 만든 라이다 센서에 문제가 있다, 그런 기사가 잠깐 나왔었죠."

"기억하시네요. 맞아요. 만약에 배후가 있다면, 누굴까요?"

"음……, 하도수가 그랬다는 겁니까?"

"합리적인 의심을 할 수 있죠. 현재 라이다 센서 업계에서는 '에이-아이' 그리고 '그랜드 비전'이 막상막하예요. 기술력은 비슷비슷할 겁니다. 누가 살아남느냐의 싸움으로 넘어간 거죠. 세상일은 간단하잖아요. 싸움에서 누가 이깁니까? 잘해서 이기는 게 아니라, 실수하지 않아야 이기는 거죠. 실수하면 한방에 굴러떨어지잖아요. 저어어어어, 아래로."

"합리적인 의심이긴 한데, 합리라는 것도 이제는 워낙 주관적인 영역으로 넘어간 뒤라서……. 증거가 있어야죠. 결정적인 증거."

"이리 님을 모신 이유가 그겁니다. 결정적인 증거를 함께 찾자는 겁니다."

"아니, 내가 왜요? 하도수를 내가 왜 건드려요? 그 아저씨가 만만해 보여도 자기 앞을 가로막는 사람이면 물불을 안 가리는 사람이에요. 나는 심지어 물도 아니고 불도 아니고, 그냥 공기에 가까운 사람인데 내가 뭘 하겠어요?"

"만만했으면 제가 혼자 해치워버렸죠. 만만하지 않으니까 제가 이리 님을 찾아 헤맸죠."

"제가 중요한 것 하나 알려드릴게요. 손해보험 쪽에서 제가 두 가지로 유명해요. 우선 자율 주행 자동차를 전문으로 하는 보험 탐정으로 유명하고요, 다음으로는 돈 되는 일이면 물불을 가리지 않아서 유명해요. 잡다 보면 앗 뜨거워 싶은 일들도 많지만 그냥 합니다. 먹고살아야 하니까 뜨거워도 무조건 해요. 또, 질퍽질퍽한 일들도 그냥 해요. 늪에 빠지는 것 같은 일인데, 출렁출렁거리면서 흘러가다 보면 그것도 또 할 만해요. 기준이 뭔지 압니까? 돈이에요. 간단해요. 정의같은 건 제 기준에는 없어요. 하도수가 악당입니까? 악당이라고 쳐요. 그게 나하고 무슨 상관이에요. 그 사람이 세계를 파멸시키면 문제죠. 나도 파멸되니까.

그런데 솔직히 그 정도는 아니잖아요?"

"하나만 여쭤볼게요. 한쪽에는 하루에 만 원씩 10년 동안 받을 수 있는 일이 있고요, 나머지 쪽에는 한꺼번에 10억을 받을 수 있는 일이 있어요. 어느 쪽을 택하겠어요?"

"재이 씨가 나를 너무 무시하네. 보험료 산출이랑 손해액 산정으로 잔뼈가…… 굵지는 않았지만, 어릴 때 수학을 잘했던 사람이에요, 내가. 뒤쪽이 액수가 훨씬 더 큰데 나를 바보로 아시나. 비교 대상이 아니지."

"명성도 마찬가지라고 생각해요. 차근차근 일을 하다 보면 명성이 쌓이겠죠. 자율 주행 자동차? 아, 그건 이리가 전문이지. 이리가 일 하나는 똑 부러지게 잘하지. 똑 부러진 다리 갖다 붙이는 것처럼 보험료는 참 잘 받아내지. 입에서 입으로, 또 입에서 귀로, 또 석고 붕대한 팔에서 절제 수술한 다리로 전달되겠죠. 10년쯤 되면 명성이 쌓이겠죠. 그런데 한방에 명성을 쌓을 수 있다면 그걸 하는 쪽이 낫지 않겠어요? 제가 그렇게 만들어드린다니까요."

"한방에? 어떻게?"

"하도수를 잡으면 스타가 될 겁니다."

"스타가 되거나 이 바닥에서 쫓겨나거나 하겠지."

"제가 알아보니까 뭐, 잃을 것도 별로 없던데요?"

"나에 대해서 뭘 아는데요?"

"실종 동물 찾아주는 일을 하다가 딜리터 일에 잠깐 뛰어들었고요. 그 외에도 여러 가지 일을 했지만 신통치는 않았죠. 예금 잔고 수위는 지하 2층 깊이인데, 햇볕은 하나도 들어오지 않고, 보험 쪽으로 와서도 차근차근 푼돈을 벌기는 하지만 큰 사건을 맡지는 못하셨고, 현재 변호사 사무실에 세 들어 사시고요, 물론 이름은 사무장이지만."

"눈물 나네요. 내 얘기 같지가 않고."

"다들 그렇죠. 자신을 객관적으로 보긴 힘들어요."

"재이 씨를 객관적으로 설명하면 어떠려나. 어릴 때는 천재 프로그래머로 칭송받았는데 나이 들면서 그저 그런 뜨내기 기술자가 됐고, 화이트 해커인 척하지만 그레이에 가까운 삶을 살다가 랜섬 카 사업에 뛰어들어 억울하게 누명을 썼다고 주장하는데……."

"그만하셔도 됩니다."

"그만하죠. 그렇게 하도수에 집착하는 이유가 뭐예요? 정의 구현?"

"저도 정의에는 별로 관심이 없어요. 살 궁리를 하다 보니 하도수라는 벽에 가로막힌 거죠. 얼마 전에 U시에서 일어났던 폭탄 테러 뉴스 봤어요?"

"알죠. 화재보험 쪽 사람들이 얘기하는 거 들었어요."

"이 영상 한번 보시겠어요?"

재이는 자신의 휴대전화를 모니터로 연결했다. 동영상 하나가 재생됐다. 건물의 CCTV 영상이었다. 계단을 비추고 있던 CCTV 화면이 좌우로 조금 움직이더니 건너편 건물의 화장실을 비췄다.

"뭡니까 이거? 몰카예요?"

"아니요, 평범한 CCTV 화면이에요. 각도가 조금 달라진 거죠."

CCTV는 건너편 건물의 남자 화장실 풍경에 고정됐다. 한 사람이 화장실로 들어오더니 CCTV 쪽을 흘낏 보면서 소변을 본다. 하체 쪽은 보이지 않았고, 상체와 그 앞 선반만 보이는 각도였다. 조금 있다가 재이가 화장실로 들어오는 게 보였다. 선반 위에다 오렌지 탄산수와 팝콘을 올려놓고 있었다.

"저거 재이 씨예요?"

"예, 맞아요."

재이가 화장실에서 나갔고, 영상은 끝이 났다.

"이 영상에서 어떤 감동을 받아야 하는 거죠?"

이리가 심드렁하게 물었다.

"감동이 아니라 비열함이죠. 이건 제가 극장에 있을 때 도착한 메시지예요."

재이가 다시 화면을 바꾸자 문자메시지 창이 열렸고 사진 한 장이 보였다. 재이가 들고 있었던 것과 똑같은 음료수 병이 찍힌 사진이었다.

"다른 그림 찾기입니까? 재이 씨가 들고 있던 음료수잖아요."

"제가 들고 있던 건 탄산수였지만 저건 사제 폭탄입니다."

"아, 이게 터진 거예요? 화장실에서?"

"아뇨, 폭탄을 설치한 곳은 스크린 뒤였어요. 뒤쪽

에 그림자가 있는 게 보이죠? 저는 사진을 받고 나서 곧바로 위치를 알 수 있었어요. 영화 보는 도중에 스크린 뒤로 가서 확인도 했죠."

"아, 그럼 재이 씨한테 덮어씌우려고 그런 거다? 재이 씨가 오렌지 탄산수를 먹는 걸 어떻게 알고요?"

"저 극장에서는 저거밖에 안 팔아요. 제가 좋아하는 음료수이기도 하고요."

"전부터 함정을 깊게 파놓은 거네. 폭탄이 있었던 걸 알면 그냥 나오지 그랬어요. 아니다, 그럼 더 오해를 사겠구나."

"사진을 클릭했더니 휴대전화 백도어로 프로그램이 하나 설치되었어요. 폭탄을 원격 제어하는 건데, 앞뒤로 저를 가두느라 참 고생 많이 했더라고요. 사진이나 제 휴대전화만 보면 꼼짝없이 제가 폭탄 테러범이 되는 거죠."

"우와, 그런데 재이 씨도 강심장이다. 폭탄이 있는 걸 알면서 계속 거기 앉아 있었던 거잖아요. 살 떨려서 어떻게 있었대요?"

"이리 씨 말처럼 나가면 더 오해를 받으니까 일단 앉

아 있었죠. 그리고 관객 중에 폭탄을 설치한 놈이 있을 거라 생각했어요. 사건이 터지면 알 수 있겠다 생각했죠."

"누군지 알았어요?"

"짚이는 사람이 있지만 확실하지는 않아요."

"아니, 그나저나 우리 유명한 해커님이 어쩌다가 휴대전화 해킹을 당하셨대요?"

"정신없으면 그렇게 되더라고요."

"그걸 모두 하도수가 조작한 거다? 어떻게 확신해요?"

"곧바로 문자 하나가 더 왔어요. 이거요."

재이가 화면을 옆으로 넘기자 발신인 하도수라는 이름과 함께 "시간 나면 연락 한번 줘요"라는 메시지가 나타났다.

"심플한 분이네."

"전에 저한테 사람을 보내서 어떤 계획을 도와달라는 부탁을 했거든요. 저는 거절했고요. 랜섬 카 사건도 아마 하도수가 배후일 거예요. 제가 마지막에 정신을 차리고 빠져나왔지만, 아마도 그걸로 저를 조종할 수 있다고 생각한 거겠죠."

"하도수가 재이 씨를 끌어들이려고 폭탄 테러까지 배후 조종했다는 건데, 무슨 일이길래 그렇게까지 해요?"

"내일 자율 주행 자동차 박람회 끝나는 거 아시죠?"

"알죠. 오늘도 거기 있다 왔어요."

"첨단교통산업부 장관이 박람회장에 들렀다가 상암동에서 열리는 행사에 참여하게 될 거예요. 제 생각엔 그때 무슨 일이 벌어질 겁니다."

"무슨 일?"

"정보가 조금 더 있긴 하지만 그건 이리 씨가 함께할 건지 결정하면 말씀드릴게요. 그 일을 잘 마무리하면, 스타가 될 수 있어요. 하도수한테도 한방 먹일 수 있고요. 제 누명도 풀 수 있을지 모르고요. 어때요?"

"걸리는 게 있어요."

"뭐가요?"

"돈 생길 구멍은 하나도 없어요? 유명해져서 나중에 돈 벌 수 있다는 걸 알지만, 요즘 제가 좀 쪼들려서. 그리고 실패할 경우에는 또 어떻게 하나 싶기도 하고."

"음, 장담하진 못하지만 사건들을 밝혀내면 그랜드 비전 쪽에서 뭔가 제안이 올 수도 있어요. 돈을 보내 올 수도 있겠죠. 실패할 경우에는……, 제가 사례를 하겠습니다."

"내가 어떤 역할을 하면 되는 거죠?"

"우선 저는 현장에 갈 수가 없어요. 얼굴을 드러내 면 안 되는 존재잖아요. 이리 씨가 현장을 총괄해서 맡아주시면 좋을 것 같아요. 사고 전문가에다 자동차 에 대해서도 잘 알고……, 이리 씨만 한 적임자가 없습 니다. 위험한 일은 없을 거예요."

"내일이라면……, 생각할 시간이 별로 없군요."

이리의 눈앞에 갑자기 이지우의 얼굴이 떠올랐다. 함 께 이구아나 이야기를 하던 무구한 얼굴이 생각났다. 이지우의 친구라면 재이도 믿을 수 있을 것 같았다.

16

이기영은 경찰서로 돌아가지 않고 아카데미 극장에 들렀다. 조재이가 범인이라고 생각하면 현장이 다시 보일 것 같았다. 누가 주인공이냐에 따라 이야기는 달라지게 돼 있다. 영화를 자주 보지 않지만 이기영은 늘 주인공보다 주변 인물에 눈길이 갔다. 주인공이 잠깐 이야기를 나눈 사람의 사연이 궁금했고, 주인공을 따라가기보다 단역배우의 이야기를 따라가고 싶었다. 며칠 전에 본 영화 〈사보타주〉에서도 그랬다. 긴박한 상황이고 누군가가 폭탄 때문에 죽을지도 모르는 상황이었는데, 뜻밖의 사람에게 관심이 갔다.

버스 검표원인 삐쩍 마른 남자는 한 아이가 영화 필름을 들고 타려고 하자 거부한다. 탈 수 없다고 입구를 가로막는다. 거부의 이유는 알 수 없다. 아이가 들고 있는 영화 제목을 슬쩍 훔쳐보더니 입장을 바꾸며 이렇게 말한다.

"오, 〈살인자 바르톨로뮤〉군. 이런 영화를 갖고 있는데 내 승객이 되지 못할 이유가 없지."

그러곤 버스 탑승을 허가한다. 이기영은 검표원 남자의 기준이 궁금했다. 어떤 영화를 들고 있어야 탑승이 가능할까? 어쩌면 '버스 탑승 금지 영화 리스트' 같은 것도 따로 가지고 있을까? 남자는 영화를 자주 볼까? 일이 모두 끝나고 집으로 돌아가면 맥주 한잔과 함께 영화를 볼까? 어떤 영화를 볼까? 영화 속에서 검표원 남자는 입장을 바꾼 값을 톡톡히 치러야 한다.

영화를 보는 내내 주변 인물들에 마음이 간다면, 이기영의 영화는 절대 끝나지 않을 것이다. 인물들의 사연이 몇 배로 늘어나고, 거기에 등장하는 주변 인물들의 사연 역시 또 몇 배로 늘어나면, 영원히 끝나지 않는 영화가 상영될 것이다.

극장에 도착한 이기영은 조재이가 앉았던 자리에 앉아보았다. E9. 두 칸 앞 C9에는 홍지온이 앉아 있다. 거기서 왼쪽으로 네 칸 옮긴 C5에는 김기안이 앉아 있다. 나머지는 모두 뒤쪽에 있다. 그곳에 앉아야 할 이유를 생각해보았다. 폭탄은 홍지온의 앞쪽에 있는 스크린 뒤에서 터졌다. 만약 폭발 장면을 목격하고 싶었다면 조금 더 떨어져도 좋았을 것이다. 맨 뒷자리에 앉아도 충분히 확인할 수 있다. 이기영은 다시 수첩을 꺼내어 적어보았다.

— 용의 선상에서 제외되기 위해 폭탄과 가까운 곳에 앉았다.
— 사람들이 영화에 집중하고 있을 때 화장실에 가는 척하고 나왔다. 아무도 신경 쓰지 않았다. 폭탄을 설치하고 돌아와서 다시 자리에 앉았다. 왜 그냥 가지 않았지? 폭탄이 터지는 걸 확인하기 위해서.
— 폭탄이 터지는 순간, 누군가를 도와주는 척하면서 빠져나간다.

극장 안 화장실에 들어간 이기영은 문득 고개를 들

었다가 옆 건물을 올려보았다. 커다란 창문 하나가 열려 있었고 하체 쪽은 보이지 않는 절묘한 각도로 창문이 나 있었다. 이기영은 소변을 본 다음 옆 건물로 갔다. 뭐가 보이는지 확인을 해야 했다. 관리 사무실에 전화를 걸어서 수사 의뢰를 했다. 3층 건물인 영어 학원은 규모가 꽤 컸다. 외부 계단을 걸어 올라가면서 아카데미 극장을 내려다보았다. 화장실이 보였다. 2층으로 올라가는 계단에서는 화장실의 출입문과 함께 꽤 많은 부분이 보였다. 3층에서는 각도 때문에 화장실의 일부분밖에 보이지 않았다. 계단참에는 CCTV가 달려 있었다. 건물 관리인에게 사고가 일어난 날의 영상을 요청했다. 다행히 아직 지워지지 않고 남아 있었다. 이기영은 USB로 파일을 옮긴 다음 집으로 돌아가서 영상을 확인했다.

사건이 있었던 날의 영상을 확인하고 있는데 송보라에게 전화가 걸려왔다. 이기영은 화면에서 눈을 떼지 않은 채 휴대전화의 통화 버튼을 눌렀다.

"자꾸만 근무 외 시간에 전화하게 되네요. 통화 괜찮아요?"

"좋은 소식이면 자다가도 받을 수 있죠."

"행방 찾았어요. 안면 인식 프로그램으로."

"그래요? 우와 잘 찾으셨네. 어디예요?"

"서울. 상암동."

"주소 찍어줘요. 바로 가볼게요."

"그런데 사라졌어요."

"어디로요?"

"CCTV에 확인됐는데, 갑자기 사각지대로 사라졌어요. 현재로서는 반경이 너무 넓어서 찾기는 힘들겠어요. 만약 밤중에 움직이지 않는다면 내일 다시 어디선가 나타나겠죠."

"CCTV에 찍힌 화면 볼 수 있어요?"

"지금 이 형사님 휴대전화로 보냈습니다."

"음……, 봤어요. 이 자식 뭐 하는 거지? 조재이는 CCTV가 어디에 있는지 정확히 알고 있네요. 보내준 영상 3분 10초쯤 보면 슬쩍 위치를 확인하는 게 보이죠?"

"그러네요."

"자기가 찍힌다는 걸 알고 있어요. 찍히는 걸 알면

서도 모습을 드러낸다……. 사각지대로 사라지기 전에 위치를 교란시키려는 트릭일 수도 있고요, 음……, 나 잡아봐라, 그런 걸 수도 있고요. 우릴 놀리는 걸 수도 있어요."

"테러범들 중에는 자기 존재를 드러내려는 부류도 있는데, 놀리는 사람치고는 과시적인 행동이 안 보여요. 화면 속에서 이상한 행동을 하거나 화면을 노려보지도 않고요."

"우리를 부르는 걸 수도 있죠. 게임을 제안한다, 뭐 그런 건가?"

"이 형사님, 내일 상암동으로 같이 가보실래요?"

"네, 가봐야죠. 게임을 제안한 거라면 받아줘야죠. 만약 그런 거라면 다른 데로 도망가거나 하지는 않을 거예요. 자신의 위치를 정확히 밝힌 거니까."

"저는 서울 쪽 사람들에게 지원 요청해볼게요. 지원이라고 해봤자 인력 지원은 못 해줄 거고, 본부에 앉아서 안면 인식 프로그램 돌려주는 거랑 GPS 신호 체크해주는 것밖에 없겠지만요."

"어, 잠깐만요."

이기영은 영어 학원 건물의 CCTV 화면을 들여다보다 조재이를 발견했다. 화면이 흐릿하긴 하지만 입고 있는 옷으로 확인할 수 있었다. 조재이는 들고 있던 음료수와 팝콘을 앞쪽의 선반에 올려놓고 볼일을 보았다. 조재이의 다른 부위는 보이지 않고 정확하게 가슴 위쪽만 화면 속으로 들어왔다. 영화의 한 장면 같았다.

"아카데미 극장 옆 건물에서 CCTV 하나를 발견했거든요. 지금 그걸 확인하고 있었는데, 여기 조재이가 등장하시네."

"그래요?"

"화장실에 들어와서 음료수 병을 선반에 올렸어요. 만약 조재이가 범인이라면 저게 폭탄이겠죠? 아, 조재이가 잠깐 뒤를 돌아보더니 서둘러 밖으로 나가네요."

"탄산수는?"

"두고 나갔어요. 아, 잠깐만요……, 다시 들어왔어요. 뛰어 들어와서는 탄산수랑 팝콘을 다시 들고 갔어요."

"화면 보내줄래요?"

"네, 지금 보냈어요. 화장실에서 터뜨리려다가 계획

을 바꿔서 스크린 뒤에 놓은 걸까요?"

"보통 테러범들은 사전에 치밀하게 준비하기 때문에 장소를 갑자기 바꾸는 경우는 흔치 않은데⋯⋯."

"시간을 보면 영화 상영 직전이에요. 이렇게 서두르는 것도 수상하고, 폭탄에서 지문도 나왔고, 이 정도면 체포 영장 받을 수 있어요. 제가 조사하다 보니까 의외로 사망자 없는 폭탄 사고가 꽤 많더라고요. 작년에만 전 세계적으로 총 23건이 있었던데요?"

"그 사건들과는 유사성이 없어요. 그런 테러는 일종의 시위 같은 거죠. 누굴 죽게 하는 순간 명분이 약해지니까. 딜레마가 클 거예요. 사람이 많은 곳에서 폭탄을 터뜨려야 하는데, 사람이 죽는 건 싫다, 그런 거니까."

"손은 대지 않고 코를 풀고 싶다 그런 건가요?"

"손대지 않고 코 풀기는 쉬운 거 아니에요?"

"잘 모르시네. 입구를 좁게 해야 그 압력으로 불순물이 밖으로 튕겨 나오죠. 저의 수사 원칙이라서 늘 외우고 다니는 겁니다."

"'손대지 않고 코 풀 수 없다'가 수사 원칙이라고

요?"

"범인을 발견하기 위해서는 압력을 가해야 한다. 손을 대지 않았는데 나오는 콧물은, 그러니까 순순히 자수하거나 쉽게 결말이 나는 사건은 믿을 수 없다. 내가 발로 뛰어서 압력을 가하여 범인을 세상 밖으로 끌어내야지 제대로 수사를 한 것이다."

"거창하네요."

"거창해 보여도 진리입니다."

"거창하긴 해도 내용은 인정이에요. 맞는 말이죠. 쉬운 답은 답이 아닌 경우가 많죠."

"내일 봐요. 오전 9시 30분까지 픽업하러 갈게요."

"알겠어요."

송보라는 전화를 끊고 이기영이 보내준 CCTV 화면을 자세히 살펴보았다. 조재이가 그 안에 있었다. 대체 무슨 생각이야, 조재이. 송보라는 이기영이 해준 말이 신경 쓰였다. 사망자 없는 폭발 사고는 자신이 좀 더 파고들었어야 할 내용이었다.

송보라도 사망자 없는 폭발 사고를 네 차례 수사한 적이 있다. 사제 폭발물로 장난을 친 청년들의 사건 수사는 쉽게 끝났다. 외부인의 피해는 없었고, 청년 두 명이 가벼운 부상을 입었다. 또 한 건은 정신이상자의 소행으로 결론 내려졌다. 나머지 두 건은 단서도 찾지 못한 채 흐지부지되고 말았다. 사망자가 없다는 점 때문에 수사는 좀처럼 동력을 얻지 못했다. 다뤄야 할 사건은 많고, 수사관은 적었다. 인명 피해가 큰 사건에 수사관이 집중 배치되는 건 어쩌면 당연한 일이었다.

아카데미 극장의 폭발은 해결되지 않았던 두 건의 폭발과 비슷한 점이 있을지도 몰랐다. 닮은 점이 별로 없어서 제대로 연결시키지 못했다. 송보라는 거실에 설치해둔 사건 현장 미니어처를 들여다보았다. 두 건의 폭발 장소를 떠올려보았다. 하나는 공원 한가운데 커다란 조형물에서 폭탄이 터졌다. 페놀을 이용한 피크르산 폭탄이었다. 또 하나는 시 외곽에 있는 재활용품 수거장이었다. 직원들이 점심을 먹고 있는 사이에 터졌기 때문에 다친 사람은 없지만 화재로 번지는 바람에 피해가 컸다. 누군가가 설치하려고 했던 폭탄이 어쩌다 돌고 돌아 재활용품 수거장까지 가게 되었을 것이라는 추측이 지배적이었지만, 송보라는 우연을 믿지 않았다. 재활용품 수거장의 누군가를 죽이려는 음모라고 생각하고 오랜 시간 매달렸지만 결론을 내릴 수 없었다. 백팩에 담긴 폭탄이 터졌다는 사실 말고는 밝혀낼 수 있는 게 거의 없었다. 아카데미 극장에서는 누군가가 크게 다칠 수도 있었다. 영화 상영 도중이었고, 심각하지는 않더라도 두 명이 부상을 입었다. 송보라는 미니어처에서 폭탄 역할을 하고 있던 촛불을 자세히 보았다. 일렁이는 촛불 속에서 노란빛이 새어 나왔다. 다양한 색의 스펙트럼이 공간으로 퍼져 나갔다. 송보라는 컴퓨터 속에서 두 사건의 수사보고서를 끄집어냈다. 양이 상당했다. 어쩌면 거기에 새로운 단서가 있을지 몰랐다.

17

제너럴 손해보험 회사는 건물의 2층에 있었다. 다른 창문은 까만색 물감을 칠해놓은 것처럼 깜깜했는데, 제너럴 손해보험의 창문에만 불이 켜져 있었다. 불이 켜진 창문은 모두 네 개였다. 초클은 제너럴 손해보험의 건너편에 있는 24시간 카페의 2층에 앉아서 건물을 관찰했다. 모두에게 길고 긴 하루였다. 아침 일찍 U시에서 출발하여 열두 시간이 넘게 서울을 헤매고 다녔다. 원래 계획은 재이를 찾아서 저녁 8시 기차를 타고 돌아가는 것이었지만 이제는 플랜 B로 가야 할 상황이었다.

"우리한테 플랜 B가 있었어? 난 몰랐네."

민시아가 소파에 몸을 파묻은 채 천장을 올려다보며 말했다.

"몰랐구나, 우리 플랜 Z까지 있었어. 플랜 Z가 뭐냐면……."

"안 궁금해. 말하지 마, 힘들어. 쉬어, 전부 다 쉬어."

정인수의 말을 백건이 가로챘다. 백건은 고개를 뒤로 젖히더니 금방 잠으로 빠져들었다. 정신을 차리고 있는 사람은 유진뿐이었다. 유진은 불이 켜진 건너편 창문을 주의 깊게 들여다보았다. 한모음은 눈을 감고 음악을 듣고 있었고, 이지우도 소파에 기댄 채 눈을 감았다. 공상우가 일곱 잔이나 되는 음료를 조심스럽게 들고 와서 탁자 위에 내려놓았다. 그제야 각자 주문한 음료를 마시기 위해 모두의 머리가 탁자로 모였다.

민시아 :　　(음료수를 한 모금 마신 다음에) 우리, 동물원
　　　　　　에서 먹이를 기다리던 친구들 같다.

정인수 :　　(음료수 반을 한꺼번에 흡입한 다음) 와, 이거

마시니까 좀 살겠다.

공상우 : (유진에게 커피를 내밀면서) 유진, 마셔. 눈 아
프지 않아?

유　진 : (건너편 빌딩에서 눈을 떼지 않으며 음료를 받아
든다.) 저 자식들은 움직이질 않네. 퇴근하
세요, 퇴근.

정인수 : (모두를 돌아보면서 수선스럽게) 야, 서울에 와
보니 어때? 어땠어?

이지우 : 괜찮았어, 생각보다는. 엄청나게 크고,
높고, 시끄럽고, 빠르고, 그런 생각만 했
는데, 좋았어, 아기자기한 장소도 많았
어, 많았고, 깨끗했어.

정인수 : 난 말야, 나중에 저기 보이는 저런 건물
하나 갖는 게 소원이야.

민시아 : 우리 인수한테 그런 야심 차고 불가능에
가까운 꿈이 있었어?

정인수 : 왜 불가능하다고 생각해? 나 차근차근
돈도 모으고 있다고.

유　진 : (창문 밖을 응시하며) 가능해. 300년만 살아.

공상우 : 건물 가지면 뭐 할 건데?

정인수 : 내 꿈은, 건물을 전부 세 주고 월세 받는 거야.

민시아 : 소박하네.

정인수 : 나 계산하는 거 좋아하잖아. 그래서 매 달 월세 계산하면서 살 거야. 월세도 50만 원, 60만 원 이렇게 안 하고, 45만 9천 2백 원, 52만 3천 백 원 이런 식으로 복잡하 게 해서, 계산하기 재미있게 할 거야.

유　진 : (건너편 빌딩을 응시하며) 악덕 건물주로 소 문나겠다.

정인수 : (유진의 말을 애써 무시하며) 상우, 너는 꿈이 뭐야?

공상우 : 우리가 다 같이 모여 살 수 있는 커다란 집.

민시아 : (공상우에게 얼굴을 들이밀며) 진짜? 그렇게 예민하신 분이, 같이 살 수 있겠어? 어쩌 다 손 갖다 대면 그렇게 놀라는 분이?

공상우 : (뒤로 물러서며) 그거야 네가 갑자기 건드리

니까 그런 거지.

정인수 : 참 예민해, 전부 다.

민시아 : 예민한 건 좋은 거야.

정인수 : 누가 나쁘대?

공상우 : 예민한 사람들끼리 모여 살면 덜 예민해질 수도 있잖아.

이지우 : 같이 살게, 나도. 커다란 집 있으면, 마당도 좋고, 식물도 커다란 집이 되게 마음껏 내버려두고, 커지고 커져서 집보다 커지게.

공상우 : 유진, 너도 같이 살 거야?

유　진 : (여전히 건너편을 응시한 채) 집부터 구하고 말해. 그때 생각해볼게.

민시아 : 모음이는 내가 무조건 데리고 들어간다. 모음, 오케이?

한모음 : (손가락으로 오케이 표시를 해서 보여준다.)

정인수 : 예민한 사람들끼리 모여 살아서 예민함이 줄어드는 걸 공식으로 만들 수도 있겠다. 나쁜 사람들끼리 모여 살면 덜 나

빠지고, 훌륭한 사람들끼리 모여 살면 덜 훌륭해지고, 천국과 천국이 모여 있으면 더 지루해지고, 지옥과 지옥이 모여 있으면 덜 공포스럽고. 너희들, 지옥에도 여러 단계가 있는 거 알아?

(아무도 대답하지 않는다. 각자 음료수를 마시느라 바쁘기도 하고, 정인수의 말이 길어지자 집중력이 흐트러진다.)

정인수 : 아까 우리 히드라 타워 가봤잖아. 히드라 타워가 위로 솟은 거라면 지옥은 지하로 뻗어 있는데, 지옥도 그런 식으로 엘리베이터 시스템이래. 갔다 와본 사람이 말해준 거라는데, 그거야 못 믿겠지만, 엘리베이터를 타고 오르내린다는 거 너무 설득력 있지 않냐? 지하 1층부터 지하 9층까지인데, 지하 9층에는 절대 악들만 수용돼 있고, 지하 1층에는 우리처럼 쓸모없는 애들이 가득하대. 내가 무서운 이야기 해줄까? 엘리베이터는 하루에 한

번만 작동하는데, 지하 2층부터 지하 9
층의 악당들은 하루 종일 그 엘리베이터
만 기다리고 있어, 위로 올라가고 싶으니
까, 한 층이라도 올라가고 싶으니까. 지하
9층에 엘리베이터가 내려오면 서로 타려
고 아수라장이 펼쳐지는데, 물고 뜯고 때
리고 부수고, 와, 진짜로 무시무시한 지
옥이 펼쳐지는 거야. 세상에서 제일 무시
무시한 놈들이 다 모여 있는데, 걔들끼리
피 터지게 싸우는 거야. 그런데 정말 살
벌하게 무서운 게 뭔지 알아? 엘리베이
터가 탁, 도착하면 말야. 빨간색 표시로,
'FULL'이라고 써 있대. 우와, 풀인 거야,
지하 9층인데……, 진짜 소름 돋지 않아?

민시아 :   (왼손에 턱을 괸 채 무료한 목소리로) 그거 단테
의『신곡』이야기 아냐?

정인수 :   단테가 누구야?

민시아 :   14세기 이탈리아 작가. 그 사람이 쓴『신
곡』에 지옥도가 나오잖아.

정인수 :　　난 몰랐어. 그럼 옛날에도 엘리베이터가
　　　　　　있었어?

유　진 :　　(시선은 건너편 빌딩에 두고 손짓으로 친구들에게
　　　　　　신호를 보내며) 얘들아, 헛소리 그만하고 준
　　　　　　비해. 저놈들 이제 퇴근하는 것 같아.

　초클의 모든 고개가 창 너머로 향했다. 건너편 빌딩
의 모습을 자세히 볼 수 있는 사람은 유진뿐이었지만
눈을 돌리는 사람은 없었다. 제너럴 손해보험의 사무
실 불이 하나둘 꺼지고 있었다.

　"유진, 넌 저쪽이 보여? 저렇게 어두운데?"

　민시아가 물었다.

　"카메라랑 비슷한 거야. 조리개를 열어두면 빛이 많
이 들어오지? 내 눈도 그래. 한참 들여다보면 서서히
밝아져서 볼 수 없는 것도 보여. 우리 연습도 했잖아.
한모음도 잘하면 보일걸."

　유진이 대답했다. 민시아가 한모음을 돌아보았다.
한모음도 건너편 빌딩에 집중하고 있었다.

　"건물에서 나오는 사람은 모두 여섯 명이야."

한모음이 말했다.

"네 사람은 건장하고, 두 사람은 마른 편."

유진이 말했다.

"보안키 잘 해결된 거죠?"

공상우가 백건을 보면서 말했다.

"그럼, 걱정 마. 쓱쓱 문질러놓아서 절대 인식 불가야."

백건이 우쭐대며 말했다.

제너럴 손해보험의 직원들은 문 앞에 서서 무언가를 계속 얘기하고 있었다. 한 명이 카드키로 보안 장치를 켜려고 갖다 댔지만 인식을 하지 않는 모양이었다. 여러 번 같은 동작을 반복하더니 결국에는 손가락으로 번호를 누르기 시작했다. 카드로 설정할 수 없을 때는 번호키를 눌러서 작동시켜야 하는 기계였다.

"야, 받아 적어. 비밀번호."

유진이 낮은 목소리로 빠르게 말했다.

"불러."

민시아가 종이와 펜을 들며 말했다.

"경비, 3, 1, 5, 1, 9, 5, 다음에 저게 샵인지 별인지는 모르겠다. 아무튼 왼쪽 아래에 있는 버튼 누르고 다시 경비 버튼. 적었어?"

"응, 적었어."

민시아가 펜을 내려놓고 탁자 위의 음료수를 마셨다. 유진도 건너편 빌딩에서 눈을 뗐다. 직원들은 문이 잠겼는지 확인한 다음 계단으로 내려왔다. 백건은 일어서서 누군가에게 전화를 걸고 자리로 돌아왔다.

"자, 내 얘기 잘 들어. 지금부터 두 팀으로 나뉘는 거야. 한 팀은 사무실을 뒤지고, 한 팀은 저 직원들을 쫓아가는 거야. 내가 미행 잘하는 후배 한 명 붙여놨으니까 도착 장소는 나중에 전화로 알려줄 거야."

백건이 작전을 지시했다.

"사무실에 들어가서 뭘 찾아야 되는 건데요?"

민시아가 물었다.

"그건 나도 모르지. 냄새를 잘 맡아봐. 큼큼한 냄새가 나는 종이들이 있으면 다 찍어와."

"비유로 하는 말이죠?"

민시아가 다시 물었다.

"당연하지."

백건이 대답했다. 민시아, 공상우, 이지우, 한모음이 A팀이 되어 사무실을 뒤지기로 했고, 백건, 정인수, 유진이 B팀이 되어 직원들을 쫓아가기로 했다.

공상우가 앞장서서 계단을 올라갔다. 문 앞에 서서 민시아가 적은 비밀번호를 한 번 더 보았다. 잘못 누르면 어떤 일이 생길지 알 수 없었다. 숨을 죽이고 손끝에 모든 힘을 모아 하나하나 힘차게 눌렀다. 왼쪽 아래의 샵 버튼을 누를 때는 눈을 질끈 감았다. 문은 쉽게 열렸다.

불은 켜지 않기로 했다. 이지우가 앞장섰다. 이지우의 밤눈은 야행성 동물의 감각을 닮았다. 공상우와 민시아와 한모음은 휴대전화의 플래시 불빛을 이용해서 책상을 헤집고 다녔다. 세 사람은 일단 가장 안쪽 방으로 들어가기로 했다. 유진의 관찰에 의하면 안쪽 방의 금고에다가 중요한 물건을 넣어두었다. 민시아가 금고에다 플래시 불빛을 비추었다. 당연히 금고 문은 잠겨 있었다.

"내가 한번 해볼게."

한모음이 헤드폰을 벗고 앞으로 나섰다.

"금고 따본 적 있어?"

공상우가 물었다.

"날 뭘로 보고⋯⋯, 당연히 없지."

한모음은 금고 문에다 귀를 갖다 댔다. 눈을 감으면 어떤 소리가 들렸다. 영사기에서 필름이 돌아가는 소리와 비슷했다. 차르르르, 솟아나고 움푹 패어 있는 톱니들에 딱 들어맞는 또 다른 톱니가 서로 맞물린 채 돌아가는 소리. 1초에 24장의 사진이 빠르게 지나가면서 영상을 만들어내듯 금고 속의 톱니바퀴들도 리드미컬한 소리를 통해 그 안의 풍경을 보여주는 듯했다. 한모음은 금고 안이 보이는 듯했다. 눈을 감으면 또렷하게 형체들이 보였다.

백건은 후배의 전화를 받았다. 제너럴 손해보험 직원들이 도착한 곳은 상암동의 호텔이었다. 백건은 정인수, 유진과 함께 택시를 탔다. 벌써 밤 10시가 되었다. 오늘 밤은 더 이상 아무런 일도 일어나지 않을 것 같다는 예감이 들었지만 백건은 일단 움직이기로 했다.

형사 시절 배워둔 간단한 원리였다. 가장 가까운 곳까지 접근하면 일이 한결 수월하다는 것. 자고 나서 출발하는 것보다 먼저 도착한 다음에 자고 일어나는 게 속 편하다는 것, 전화를 받고 나서 급하게 옷을 입는 것보다는 옷을 입은 채로 전화를 기다리는 게 훨씬 안전하다는 것. 백건은 택시를 타기 전에 A팀이 열심히 활동하고 있을 2층을 올려다보았다. 희미한 불빛이 새어 나오고 있었다. 아마 휴대전화의 불빛일 것이다.

18

시계태엽 소리를 들은 것 같다. 죽음이 천천히 다가오는 소리를 들은 것 같다. 고요하게 톱니바퀴가 맞물려 가다가 모든 것들이 패어 있는 홈 속으로 빨려 들어갔고, 덜컥, 문이 열리는 소리와 함께 나는 죽음을 보았다. 죽음의 문을 열었다. 저녁 때 카페에서 정인수가 했던 말처럼 죽음의 얼굴을 보고 온 사람이 있다면, 만약 그 문을 열고 들어갔다가 돌아온 사람이 있다면 나와 비슷한 소리를 들었을 것이다. 죽음은 모든 톱니바퀴가 멈추는 순간이자 완결되는 순간이며, 더 이상 움직일 수 없는 확고부동한 진리의 민얼굴과 직면하게 되는 순간이다. 나는 소리로 그렇게 느꼈다. 나를 들어가게 해줘. 넌 아직 준비가 되지 않았어.

지금보다 죽음이 가깝게 느껴지던 시기가 있었다. 나는 새벽 2시에 집 밖으로 나가 뛰어다니곤 했다. 가만히 있으면 누군가가 계속 내 귀에다 속삭였다. '넌 곧 죽을 건데, 괜찮겠어?', '곧, 곧, 곧 죽을 거야', '네가 알던 사람들이 다 죽은 것처럼 너도 이제 곧 죽을 거야', '네가 아는 사람들이 너의 부고를 들을 거야', '너를 알던 사람들도 죽을 테고, 조금 있으면 세상에 너를 기억하는 사람은 하나도 없어'. 귀를 막으면 그 소리는 점점 커졌다. 어떤 때는 '찾아오기 전에 네가 먼저 찾아가'라고 속삭이기도 했다. 나는 상상 속에서 내 손목을 여러 번 그었다. 왼손이 저항했고, 오른손은 머뭇거렸다. 왼손이 그으려고 하면 오른손이 가로막았다. 겨우겨우 살았다. 밤을 새고 나면 낮에 졸렸고, 낮잠을 자고 나면 밤에는 잠이 오지 않았다. 잠 대신에 목소리가 찾아왔다. 새벽에 찾아오는 목소리는 눈 속의 토끼처럼 생겼다. 빨간 눈으로 나를 쳐다보고, 기묘한 발자국을 남기며 깡총, 내게로 다가왔다가, 내가 다가가면 어디론가 나를 유인했다. 주변은 온통 하얀색이다. 오늘 내 귀로 그 토끼가 들어왔다. 금고를 열기 위해 다이얼을 돌리는 순간, 토끼가 나타났고, 차르르, 귀에다 속삭였고, 차르르, 찰칵, 오랜만이야, 차르르, 하얀 눈 위의 토끼 발자국, 거길 따라와, 찰칵, 찰칵, 문이 열렸다. 나는 곧바로 헤드폰을 썼다.

금고 속의 서류와 물건들에 어떤 의미가 있는지 우리는 잘 알지 못했다. 플래시를 터뜨리며 사진을 찍었고, 계속 동영상을 찍었다. 우리는 B팀과 합류해서 찜질방으로 갔다. 제너럴 손해보험 직원들이 들어간 호텔은 예상보다 훨씬 비쌌고, 우리가 감당할 수 있는 수준이 아니었다. 빈방도 없었고, 있다고 해도 한방에서 일곱 명이 잘 수는 없었다.

찜질방은 아늑했다. 서울의 찜질방은 뭔가 다를 거라고 생각했지만 거의 비슷했다. 도시의 모습은 서로 다르지만, 가게들의 내부로 들어가면 다를 게 없었다. 체인점 가게는 더 그랬다. 서울의 한 커피 체인점으로 들어가서 U시에 있는 같은 커피 체인점으로 나갈 수 있을 것 같았다. 그런 식으로 모든 통로가 연결되면 좋을 텐데.

잠이 오지 않는다. 잠을 자야 하는데, 금고 속의 다이얼이 돌아가는 소리만 계속 들렸다. 친구들의 이야기를 담은 소설은 진도가 나가지 않고 있다. 누워서 소설의 앞날을 생각했다. 사건이 진행되어야 하는데 주인공들은 한가로이 이야기만 나누고 있다. 소위 '엣지'가 없다. 소설은 현실을 반영하는 모양이다. 내 친구들이 딱 그렇다. 모두들 '엣지'가 없다. 성격은 예민하기 그지없고 마음속에는 수천 개의 각진 모서리를 지니고 있지만, 막상 부딪쳐보면 '엣지'라곤 찾아볼 수 없이 둥글둥글하다. 나는 찜질방 천장을 보면서 소설의 방향을 바꿔볼 생각을 했다. 소리가 주인공인 소설을 쓰면 어떨까. 냉장고 소리와 세탁기 소리가 만나서 사랑을 나누는 로맨스 소설, 믹서기 소리와 커피 머신 소리가 싸우는 액션 소설, 고장난 세면대에서 물이 한 방울씩 떨어지는 소리를 훔쳐 듣고 있는 변기 속 물들에 대한 스파이 소설, 강력한 부채 소리와 더욱 강력한 선풍기 소리가 먼 곳에서의 불안을 전달하는 재난

소설……, '엣지' 가득한 소리로 이뤄진 이야기, 나는
그런 소설들을 끝없이 써낼 수 있다.

19

안녕하십니까, 첨단교통산업부 장관 한정희입니다. 많은 국민이 최근 들어 가장 큰 관심을 가지고 있는 주제는 자율 주행 자동차가 아닌가 싶습니다. 자동차 과잉의 시대와 공유의 시대를 지나 이제는 자동차 효율의 시대로 접어들고 있습니다. 우리는 다음 세대를 위해서 더 나은 지구를 물려줄 의무가 있고, 자율 주행 자동차는 그 변혁의 한가운데에 서 있습니다.

혹자는 자율 주행 자동차의 연구 지원이 돈 낭비라고, 그 돈으로 복지를 늘리라고, 그 돈으로 죽을 사람을 살리라고, 그 돈을 자동차가 아닌 인간에게 쓰라고 말하니다. 저는 자율 주행 자동차의 발전이 인간과 동떨어졌다고 생각하지 않습니다.

자율 주행 자동차의 초기 연구자들은 자동차가 아닌 인간을 연구했습니다. 불완전하고, 불안전하고, 충동적이고, 순간적으로 걷잡을 수 없이 타오르는 인간이 다음에 어떤 일을 할지 예측하는 것이 그들의 연구 주제였습니다. 인간을 알아야 자동차를 발전시킬 수 있었습니다. 이제 우리는 인간의 해방에 초점을 맞추어 기술을 발전시켜야 합니다. 인간 감시가 아니라 인간 업그레이드를 위한 기술이 되어야 합니다. 빅 브라더Big Brother의 시대는 갔고, 앞으로는 그랜드 시스터Grand Sister의 시대가 도래할 것입니다.

저는 여기 계신 자율 주행 자동차 업계 여러분께 자신 있게 말합니다. 우리는 미래를 공유하고 있습니다. 과거를 인질 삼아 현재에 머무르려고 하는 사람은 미래로 나아갈 수 없습니다. 정부는 여러분의 앞길에 있는 모든 장애물을 깨끗하게 처리할 것이며, 미래로 나아가는 걸림돌을 하나하나 해결하는 데 최선의 노력을 다할 것입니다. 여러분이 먼저 미래에 가 있는다면, 많은 사람이 그

뒤를 따를 것입니다.

"오만방자하시네, 이분."

휴대전화로 실시간 방송을 보고 있던 유진이 중얼거렸다.

"그러게, 이 사람이 생각하는 걸림돌이 우리 아닐까?"

유진 옆에 바짝 붙어서 함께 영상을 보던 민시아도 옆에서 거들었다.

초클은 호텔 로비의 커피숍에서 한 시간째 시간을 보내는 중이었다. 백건은 전날 입수한 자료와 공상우가 챙겨놓은 쇠 파이프를 분석하기 위해 아침 일찍 어디론가 나섰고, 여섯 명의 초클은 자신들이 무엇을 기다리는지도 알지 못한 채 그냥 앉아 있었다.

"나 오늘은 아르바이트 빠지면 안 되는데⋯⋯."

정인수가 중얼거렸다.

"나처럼 포기해, 인수야. 얼마나 자유롭니."

민시아가 두 팔을 벌리며 말했다.

"너야⋯⋯, 능력이 되잖아. 사장들이 다 좋아하고.

나는 예전부터 찍혔어."

"우리 자신만만 정인수가 왜 이래? 아침부터 우울 모드네. 걱정 마. 뭐 어떻게든 되겠지."

"내가 너랑 나란히 달리는 것처럼 보이지만 난 한 바퀴 처져서 옆에 있는 거야."

"바보. 뒤처지는 게 어딨어. 우리가 일직선 레이스 경주하냐? 코스가 하나만 있는 것도 아니고. 난 그런 말이 제일 싫었어. 야야, 졸업해보면 달라. 야야, 결혼하면 달라. 야야, 애 가지면 달라. 야야, 안 해봤으면 말도 하지 마. 그런 놈들은 문이 하나밖에 없다고 생각해."

"너 오늘 컨디션 좋다? 아침부터 말이 술술 나오네?"

"어, 저 장관 말하는 거 봐서 그러나? 나한테 시켜주면 훨씬 잘할 수 있는데."

"해봐. 장관이라고 생각하고. 무슨 장관 할 거야?"

"초인간발전부 장관 같은 거 해야 하지 않겠어?"

"좋아. 다음은 초인간발전부 민시아 장관의 축사가 있겠습니다."

"아아, 전국에 흩어져서 고생 많은 친애하는 초인간들 반갑습니다. 저는 불철주야 초인간의 권익을 위해 애쓰고 있으며, 인간과 초인간의 평화로운 공존을 꿈꾸며 미래로 나아가고 있습니다. 지금 이 순간에도 스스로의 능력을 감추고 계신 분들, 등이 간질간질하고 시큰시큰한데도 주변의 눈치 때문에 초인간 선언을 주저하고 있는 분들이 계시다면 곧바로 초인간발전부를 찾아주십시오. 저를 찾아주십시오."

"야, 찾긴 뭘 찾아, 호객 행위 하는 것 같잖아. 초인간발전부 같은 게 생길 정도면 그때는 좀 나아진 세상이겠지."

"인수야, 세상이 그렇게 호락호락하지 않단다. 차별금지법 생긴 지가 언젠데 아직도 커밍아웃 무서워하는 사람들이 수두룩하잖아. 자고로 이런 건 널리널리 두루두루 왁자지껄 알려야 하는 거야."

"우와, 진짜 초인간 장관님 같은 말투네."

"나중에 진짜 해볼까 봐."

"너 장관 되면 나는 뭐 시켜줄 거야?"

"뭐 하고 싶은데?"

"나는 뭐든 폼 나는 거."

"폼 나는 거라……."

"사실, 뭘 하든 지금보다는 폼 날 거야."

"아냐, 안 할 거야, 생각 바꿨어."

"왜 안 해? 나 뭐 시켜주기 싫어서 그러는 거야? 나 아무것도 안 시켜줘도 되니까 해봐, 잘할 것 같아."

"너 『1984』 봤어?"

"영화야?"

"조지 오웰 소설. 거기에 주인공을 고문하는 장면이 나와. 주인공이 쥐를 엄청나게 싫어하는데, 엄청나게 커다란 쥐들이 득시글거리는 곳에다가 주인공을 막 밀어 넣으려고 그래. 쥐들은 육식도 한대."

"으아, 말만 들어도 끔찍하다."

"주인공이 살기 위해서는 쥐들과 자신 사이에 뭔가를 끼워 넣어야 해. 누군가를 나 대신 밀어 넣어야 살 수 있어. 너라면 그럴 수 있겠어?"

"나라면 그럴 수 있을 것 같아. 나 쥐 너무 무서워해."

"이야, 빛의 속도에 가까운 솔직함이네."

"너는?"

"오랫동안 생각해봤는데, 나도 그럴 것 같아. 아니라고 하고 싶지만, 내가 정말 끔찍하게 싫어하는 걸 해야 한다면 그 순간을 모면하기 위해서 누군가를 거기에 끼워 넣을 수도 있을 것 같아."

"우리는 다 약하구나."

"맞아, 약하니까, 그럴 일이 없도록 최선을 다해야지."

"어떻게 최선을 다해?"

"초인간 장관님 같은 건 꿈꾸지 않는 거지."

"그걸 해서 세상을 바꿀 수도 있잖아. 누구도 쥐가 있는 우리에 들어가지 않게 하면 되는 거잖아."

"그건 우리 역할이 아닐 거야. 우리보다 더 강한 사람, 쥐의 우리 속에다 누군가를 대신 끼워 넣지 않고 당당하게 희생을 견뎌낼 수 있는 그런 사람이 할 수 있는 일일 거야."

민시아는 미래의 자신을 보는 것처럼 호텔 바깥 풍경을 내다보았다. 깨끗하고 맑은 오전의 공기가 눈에 보이는 것 같았다. 호텔 바로 옆에는 고속철도가 다니

는 길이 있었고, 마침 기차 한 대가 빠른 속도로 지나
갔다. 소리는 들리지 않았다. 많은 사람이 바쁘게 어
디론가 향하고 있는 모습이 영화의 한 장면처럼 호텔
로비의 창문에 그려졌다. 서류 가방을 왼손에 들고 통
화하는 남자, 방금 재미있는 이야기를 들은 듯 환하게
웃고 있는 여자, 다른 사람에 비해 조금 천천히 걷고
있는 나이 많은 여자, 덩치에 어울리지 않게 작은 스
쿠터를 타고 가는 수염이 덥수룩한 남자는 호텔을 슬
쩍 흘겨보면서 지나갔다.

"작전 본부가 이 호텔에 있다는 거예요?"

이리는 스쿠터의 속도를 줄이고 호텔을 슬쩍 흘겨보
면서 말했다. 블루투스 헤드셋을 쓰고 있어서 평소보다
목소리가 커졌고, 자신의 목소리가 헬멧 속에서 크게
울렸다.

"어제 CCTV 다 확인했어요. 거기 15층 스위트룸에
다 작전 상황실을 마련해놨더라고요. 아마 거기에서
내려다보며 상황을 조율할 겁니다."

컴퓨터 화면을 들여다보면서 재이가 말했다.

"작전 본부를 여기에 설치했다면 아마도 15층에서

내려다보이는 곳에다 포인트를 잡았을 겁니다."

"그렇겠죠?"

"재이 씨는 그 사람들이 어떤 식으로 움직일 거라고 예상해요?"

"하도수는 그냥 푹 찌르고 들어오는 스타일이니까 단순할 거예요. 주변에 있는 '그랜드 비전' 설치된 자동차들을 전부 해킹 한다. 그 차들이 장관이 타고 있는 차로 돌진하게 만든다. 라이다 센서 오류를 로그에 남겨둔다. 그 사실이 기사화 되고, 그랜드 비전은 망하고, 그 자리를 혼자서 에이-아이가 꿀꺽 삼킨다."

"그렇게 무모할까요?"

"하도수는 그것보다 더 무모한 일도 많이 했어요."

"라이다 센서 오류 조사나 사건 분석하려면 시간이 꽤 걸릴 텐데……."

"사건의 진실보다는 사실의 파편이 더욱 중요하다. 누가 한 말인지는 모르겠지만 저는 그 말을 믿어요. 신문에다 '사고 차량 모두 〈그랜드 비전〉 제품인 걸로 드러나' 한마디만 슬쩍 실리면 간단하게 게임 끝나죠."

"지금이라도 그랜드 비전 쪽에다 제보를 하면?"

"너무 늦었어요."

"그럼 어제 얘기한 대로 가는 겁니까?"

"한번 해보자고요, 변수가 많겠지만. 현장 한번 돌아보니 어때요? 보험사고 전문가니까 바로 답이 나오지 않아요? 사기꾼들 많이 만나보셨잖아요."

"지금 사진 한 장 보냈어요. 나라면 여기서 덮칠 거야. 사거리 지나자마자 일방통행이 시작되고, 중앙분리대까지 있으니 안심할 거란 말이지. 반대쪽에서 넘어 들어오면 피할 데가 없어요. 신호등 하나만 교란시키면 이쪽으로 몰아가기도 쉽고. 제일 중요한 건 CCTV가 전부 다 멀리 있어요. 일방통행이니까 일종의 조촐한 사각지대라고나 할까."

"음, 그렇네요. 예리하시네. 그럼 거기에다 우리 카메라를 하나 설치하는 걸로 하죠."

"오케이, 잘 보이는 곳에다 설치해볼게요."

이리는 스쿠터 뒤에 실어두었던 작업복을 꺼내 입었다. 간이 사다리를 펼친 다음 적당한 높이에다 카메라를 하나 달았다. 거리의 풍경을 가까이에서 찍을 수 있지만 사람들 눈에는 잘 띄지 않는 위치였다.

"연결했어요. 잘 보여요?"

"화질 좋습니다. 어제 제가 말씀드렸던 장소도 한번 가보시겠어요? 거기도 CCTV 사각지대라서 가능성 있어요."

"알았어요. 곧바로 이동합니다."

이리는 짐을 챙겨서 스쿠터 뒤에 넣고 출발했다. 재이는 자신이 확보한 상암동의 CCTV들을 보면서 빈 곳을 떠올려보았다. 머릿속으로는 여러 번 상황을 상상했지만 놓친 곳이 있을지도 몰랐다. 지도와 CCTV 화면을 계속 대조하면서 수많은 변수를 떠올려보았다. 재이는 호텔의 CCTV를 확인하다가 아는 얼굴들을 발견했다.

"이리 씨, 지금 호텔 근처죠?"

"네, 지금 지나고 있는데요?"

"그럼 글라스 카메라 켜고 호텔 안쪽 한번 봐줄래요?"

"왜요? 뭐가 이상해요?"

"아뇨, 아는 얼굴들이 보여서요. 자동차 박람회에서 이리 씨를 찾아갔던 그 친구들이 지금 호텔에 있나 봐요."

"지금 컸어요."

"맞네요. 인사하세요. 제 친구들입니다."

"인사는 이미 했고요. 인사할 때 제가 재이 씨 욕 많이 했는데……"

"욕 먹어도 싸죠. 제 친구들 멋지지 않아요? 저를 찾으러 여기까지 따라오다니."

"재이 씨를 찾아온 것치고는 자기들끼리 너무 신나 보이지 않아요? 소풍 온 학생들 같은 표정이네."

"원래 제 친구들이 좀 그래요."

"들어가서 인사할까요?"

"아뇨. 지금 얽히면 복잡하니까 빨리 끝내고 만나죠. 그때 같이 밥 먹어요."

"초대해줘서 고맙네요. 그럼 저는 가던 길 계속 갑니다."

이리는 스쿠터를 타고 사라졌지만, 이지우는 창밖을 보면서 자신의 기억 속 서랍을 계속 열었다 닫았다.

"아, 기억났다."

이지우가 소리를 질렀다.

"뭐가 기억나?"

민시아가 눈을 동그랗게 뜨고 이지우의 말을 기다렸다.

"지나간 남자, 좀 전에 그 아저씨, 이리였어."

"이리?"

"박람회장에서 만났던 사람인데, 빤히 우리를 보고 갔어. 이 근처에 재이가 있을지도 몰라."

"전화해볼까?"

민시아는 대답을 기다리지 않고 휴대전화로 재이에게 전화를 걸었다. 휴대전화가 꺼져 있다는 알림이 들렸다. 다시 한번 전화를 걸었지만 신호는 가지 않았다.

"지금은 받을 수가 없어. 미안해."

재이는 CCTV 속 흐릿한 민시아를 보면서 혼잣말을 했다. 재이는 휴대전화를 꺼둔 채 모니터로 상황을 확인하고 있었다. 누가 전화를 걸어왔는지, 누가 자신의 위치를 확인하려고 하는지 모든 것을 한눈에 보고 있었다.

"지금 내가 전화를 받으면, 내가 뭘 하고 있는지 얘기 해야 할 테고, 그렇지? 그러면 내 위치가 드러날 수도 있고, 알겠지? 미안해, 시아야."

재이는 계속 혼잣말을 했다. 건물 바깥에서 부스럭거리는 소리가 들렸다. 수풀 사이에 고양이 한 마리가 서 있었다. 고양이는 재이를 잠깐 바라보다가 지나가 버렸다. '지우였다면 무슨 이야기를 하고 싶은 건지 알아차렸을 텐데······.' 재이는 친구들이 보고 싶었다. 재이는 신호 추적이 되지 않는 전화기를 서랍에서 꺼냈다. 구식 전화기였다. 재이는 검지손가락으로 전화번호를 꾹꾹 눌렀다. 신호가 울렸다.

"여보세요? 누구시죠?"

이기영 형사가 놀란 목소리로 전화를 받았다.

"저는 재이라고 합니다. 조재이."

재이가 담담하게 말했다.

"조재이 씨라······, 용건이 뭡니까?"

"확인차 전화드렸어요. 어제 얼굴을 좀 드러냈는데 알아보셨나 하구요."

"왜 제가 그걸 봤을 거라고 생각하죠?"

"사건 담당이시잖아요. 아카데미 극장."

"진작에 사건 접었어요. 사상자도 없고, 무의미한

사건인 것 같아서."

"에이, 아닌 거 알아요. 끈기 있는 분이 왜 그러세요. 어젯밤에 이 근처를 수색이라도 할 줄 알았는데, 별로 움직임이 없는 거 같아서요. 걱정돼서 전화해봤습니다. 오늘 이쪽으로 오셔야죠?"

"접었다니까요. 안 갑니다."

"오늘 재미있는 사건들이 벌어질 것 같아서요. 저를 잡으러 오시는 김에 구경도 하면 좋잖아요."

"재미있는 일이라니요?"

"와서 직접 보시면 좋죠. 어쩌면 아카데미 극장 사건의 진범을 잡을 수 있는 기회가 생길 수도 있고요."

"용의자하고는 협상 안 합니다."

"협상이라뇨. 진실을 알려드리는 건데요."

"장난치지 맙시다."

"올 겁니까 안 올 겁니까? 오늘 안 오면 재미있는 구경거리 놓칠 텐데……."

"자수라도 하는 겁니까?"

"오늘 서울 상암동으로 첨단교통산업부 장관 오는 거 알아요?"

"그게 왜요?"

"이따 봬요."

"여보세요?"

이기영은 블루투스 마이크에 대고 소리를 질렀지만 전화는 끊긴 후였다. 회신을 눌렀지만 연결되지 않았다. 이기영은 액셀러레이터를 세게 밟았다. 도착 예정 시간이 3분 남아 있었다. 이기영은 송보라에게 전화를 걸었다. 신호는 갔지만 전화를 받지 않았다. 송보라의 집 앞에서 다시 전화를 걸었지만 여전히 받지 않았다. 이기영은 휴대전화로 '첨단교통산업부 장관'을 검색해 보았다. 9시에 시작된 행사 관련 영상이 있었다. 영상을 재생시키자 장관이 연설하는 모습이 나타났고, 화면 아래쪽에 '첨단교통산업부 장관, 정부가 개발에 참여한 자율 주행 자동차 시승, 상암동까지 주행 예정'이라는 자막이 흘러갔다. 자동차 백미러로 송보라의 모습이 보였다. 통화를 하면서 자동차로 뛰어오고 있었다. 송보라가 전화를 끊고 자동차 문을 열었다.

"조……재이……가 아닐지도 몰라요."

숨을 뱉으면서 하는 말이어서 제대로 알아듣기 힘

들었다.

"뭐라고요? 천천히 말해요."

이기영이 심호흡을 해 보였다. 송보라는 호흡을 가다듬었다.

"어제 저한테 그랬잖아요. 사망자 없는 폭탄 사고가 많다는 게 신기하다고요."

"그랬죠. 손 안 대고 코 풀려는 놈들."

"제가 놓친 게 있었어요. 밤새 예전 사건들과 유사성을 살펴보다가 찾아냈어요."

"그런데 서울로 가면서 얘기할까요?"

"아뇨, 이 형사님은 조재이를 쫓아가요. 저는 다른 델 가봐야 해요. 확실하지 않으니까 갈라져서 가요. 전화로 얘기해요. 전화할게요."

송보라는 대답도 듣지 않고 주차장 쪽으로 뛰어갔다. 이기영은 송보라의 이름을 부르려다가 그만두었다. 이미 멀어지고 있었다. 이기영은 시계를 보고는 자동차를 출발시켰다. 5분 후에 송보라에게서 전화가 걸려왔다.

"사망자 없는 폭탄 사고가 총 네 건 있었는데요, 한

건은 단순 장난 사고, 한 건은 정신이상자 소행, 나머지 두 건은 아직도 미결이에요. 단순 장난 사고 빼고, 나머지 세 건에 공통점이 있었어요. 아카데미 극장 사건하고도 같은 공통점이고요."

"그럼 세 개의 사건과 아카데미 극장 사건이 관련 있다는 거예요?"

"네, 있었어요. 모두 예술이랑 상관이 있어요."

"예술요? 아트 말하는 겁니까? 아카데미 극장이야 영화관이니까 그렇다 치고, 나머지는요?"

"공원에서 폭탄이 터졌을 때, 다친 사람은 전혀 없고 공원 한가운데 있던 조각만 박살이 났거든요. '미래로 달린다'라는 작품인데 산산조각이 나버렸죠."

"그리고요?"

"재활용품 수거장에서 있었던 폭발은 수거장에만 초점을 맞췄었는데요, 바로 옆에 작은 공장이 하나 있었어요. 거기도 불이 옮겨 붙으면서 피해가 컸죠. 뭐 하는 덴 줄 아세요? 재활용품을 이용한 가방을 만드는 곳이었어요. 방수포 같은 재료로 가방도 만들고, 지갑도 만들고 하던 곳이었어요."

"또 하나는요?"

"시내 한복판에서 정신이상자가 사방에다 폭탄을 던진 사건이 있었죠. 그 사건 때 가장 피해가 컸던 가게는?"

"워커홀릭 조사관님, 밤새 혼자 일해서 기분이 좋은 건 알겠는데요, 저는 무척 피곤한 상태랍니다."

"LP를 파는 곳이었어요. 음반 가게였다고요."

"그러니까 뭐예요, 어떤 미친, 예술을 증오하는 어떤 놈이, 예술 장르별로 골고루 폭탄 테러를 하고 있다, 그런 얘기예요? 음악, 조각, 영화, 공예 했으니까 다음은 어떻게 예측해야 해요? 빠진 게 뭐가 있나? 아, 서점이네, 서점. 만약에 그런 미친놈이 있다고 해도 달라질 건 없잖아요. 아무도 지원해주지 않는데 우리 둘이서 시내에 있는 서점 여러 군데를 동시에, 24시간 풀타임으로, 감시해요?"

"재활용품 수거장에서는 아직 발견하지 못했는데요, 나머지 세 군데 현장에 모두 있었던 사람이 있어요."

"정말요? 그게 누군데요? 조재이였어요?"

"아뇨, 조재이였으면 제가 지금 상암동으로 같이 갔죠."

"지금 어디로 가고 있는데요?"

"잠깐만요, 이 전화 꼭 받아야 해요. 바로 전화할게요."

송보라는 대답을 듣지 않고 곧바로 전화를 끊었다. 이기영은 한숨을 쉬며 '으이그' 하는 짜증 섞인 신음을 내뱉었다. 이기영은 두괄식으로 말하는 사람을 좋아했다. 답부터 말하는 사람을 좋아했다. 용의자를 심문할 때도 그랬다. '제가 범인이 맞습니다. 지금부터 자세한 이야기를 해드리……'는 사람을 좋아한다. '이게 어떻게 된 일이냐 하면 말이죠, 형사님. 그러니까 지금부터 한 달 전……'으로 이야기를 시작하는 사람을 좋아하지 않는다. 한참 이야기를 다 들어줬더니 자신은 범인이 아니라고 말하는 경우가 대부분이다. 그런 경우라면, '저는 범인이 아닙니다. 왜냐하면……'으로 시작해야 마땅하다고 이기영은 생각했다.

이기영은 블루투스 이어폰을 귀에서 빼지 않고 운전을 했다. 곧 전화가 올 것이라는 생각으로 차를 몰앉다. 서울에 도착할 때까지 이기영은 생각에 잠겼다. 그동안 있었던 일들을 하나씩 떠올렸고, 조재이의 전화에 담긴 의미와 송보라가 하고 싶어 했던 말을 상상했고, 앞으로 어떤 일이 일어날지 생각해보았다. 알 수 있는 게 하나도 없었지만 그냥 생각에 잠겨 있을 수밖에 없었다. 상암동에 거의 도착하자 차가 밀리기 시작했다. 상암동으로 들어가는 몇몇 차선을 통제한 모양이었다. 금지된 좌회전 차선으로 밀고 들어가자 교통경찰이 뛰어오며 호루라기를 불었다. 이기영은 신분증을 보여주고 통과했다.

전화벨 소리에 이기영은 깜짝 놀랐다. 귀에다 이어폰을 꽂았다는 사실을 깜빡 잊고 있었다. 뭔가 다른 생각을 하고 있었는데, 그게 어떤 생각이었는지는 기억나지 않았다. 교통경찰이나 신호등, 차선에 대해 생각하고 있었을 것이다.

"와, 경찰이 좋긴 좋네요. 막히는 길도 신분증 하나면 휙 지나갈 수 있고."

발신자를 확인하지 않고 통화 버튼을 눌렀는데 송보라가 아니라 조재이였다.

"지금 당신을 보고 있다, 뭐 이런 얘기 하려고 전화 한 거요?"

이기영의 목소리에 짜증이 담겼다.

"보고 있긴 하지만 그런 걸 자랑할 만큼 아마추어는 아니고요. 궁금한 게 있어서요."

"말해봐요."

"형사님은 정말 제가 폭탄을 터뜨렸다고 생각하세요?"

"나는 생각 같은 건 안 해요. 단서를 보고 움직이고, 증거를 붙잡기 위해 행동합니다."

"마음에 드네요. 제가 단서가 많이 나올 만한 곳 주소와 증거가 될 만한 문서 같은 걸 보내드릴 테니까 참고하시라고요. 지금은 이런 자료 따위 보고 싶지 않겠지만, 제가 범인이 아니라는 확신이 생기면 볼 마음이 들 수도 있겠죠. 자세한 얘기는 나중에 할게요."

"나하고 마주 앉아서 길고 긴 이야기를 할 시간이 곧 올 겁니다."

"기대되네요."

이기영은 블루투스 이어폰을 건드려 전화를 끊었

다. 끌려다니는 모습을 보이고 싶지 않아서였다. 더 이
상 할 얘기도 없긴 했다. 전자우편이 도착했다는 알림
음이 울렸다. 제목에는 '자료'라고 적혀 있었다. 자동차
가 정지신호에 걸렸고, 신호는 좀처럼 바뀌지 않았다.
전자우편을 확인하려는 순간 송보라에게 전화가 걸려
왔다.

20

 "하도수 대표님이 오늘 일 잘 끝내면 포상 휴가 약속하셨으니까, 빨리 끝내고 회식 가자고. 자, 목표물 슬슬 접근하고 있다. 다들 긴장해. 막내야, 3번 지점에서 오른쪽으로 몰아야 한다. 다들 모니터 보고 있지? ……, 아직 기다려. 자, 스탠바이하고, 스리, 투, 원, 오케이. 다음에 12번 일방통행으로 보내는 거야. 신호 체크? 자, 문제 없어. 간단하게 끝날 거야. 막내, 아주 잘하고 있어. 이 과장 잘 가르쳤네. 지금 해킹 가능한 자동차 몇 대야? ……, 몇 대? 열두 대? 오케이, 일단 네 대로 몰아가보고, 나머지는 스페어로 대기시켜. 좋았어, 잘되고 있어, 다들 오케이지? 자, 목표물 오디오 땄지? 무슨 이야기 하나 한번 들어보자고. 오디오 열어봐."

"오늘 연설 좋았습니다, 장관님."

"그랬어요?"

"저는 그 부분이 좋더라고요. 빅 브라더의 시대는 갔고, 이제 그랜드 시스터의 시대가 도래할 것입니다."

"그랜드 시스터, 좀 억지 같아 보이지 않았어요?"

"크기의 시대는 갔죠. 앞으로는 넓이의 시대가 올 것이다, 그런 이야기로 들렸습니다."

"정확하시네."

"저희 회사의 이름이 또 '그랜드 비전' 아니겠습니까."

"아, 그래서 좋다고 하는 거예요? 다들 자기밖에 모른다니까."

"아, 아닙니다. 전 그 부분도 좋았어요. 여러분이 먼저 미래에 간다면, 많은 사람이 따를 것입니다."

"어쨌거나 감사하네요. 연설문을 다 외우시고."

"앞으로 많은 도움 부탁드리겠습니다. 저희 업체를

선정한 걸 후회하지 않도록 해드리겠습니다."

"그래야죠. 열심히 해주세요."

"이제 머지않아 인간의 개입이 완전히 없어지는 시대가 올 겁니다. 장관님은 그 길을 먼저 열어주시는 거고요. 저기 앞에 교차로에서 사고가 나더라도 기계들끼리 알아서 수습을 하고, 알아서 구급차를 부르고, 인간들은 조금씩 고통에서 멀어지게 될 겁니다. 누군가가 다치는 걸 보지 않아도 되고, 눈물을 덜 흘려도 되는 세상, 제가 꿈꾸는 미래입니다."

"뺑소니 같은 것도 없어지겠죠."

"미래가 가까이 있습니다, 장관님."

"장관님, 죄송하지만 미래가 눈에 보이는 것보다 멀리 있겠네요. 둘이서 아주 웃기고 자빠졌다. 그랜드 비전 사장도 완전 양아치네, 저거. 곧 닥칠 미래를 제가 어둡게 만들어드릴게요. 막내야 준비됐지? 다들 스탠바이하고, 3번 지점 통과했어. 여기서 방심하면 안 되는 거야, 알지? 스리, 투, 원, 오케이. 마지막만 남았다. 일방통행 들어섰고……, 자, 장관님, 이제 빼도 박도 못 해요. 기대하세

요. 가까이 있는 자동차들 해킹 들어가. 오케이? 됐어,
네 개 확보했어? 대기……, 확보? 오케이? 콩무니 못 빼
게 뒤부터 틀어막고, 바로 앞에 있는 차 세워. 오케이, 그
렇지. 천천히, 천천히, 주차장에 차 세우는 것처럼……,
뭐야. 왜 안 서? 야, 뭐 하는 거야? 이 과장, 어떻게 된
거야?"

재이의 두 손은 정신없이 움직였다. 6 대 1 정도로
싸우는 느낌이었다. 상대가 몇 명이나 되는지는 알지
못하지만, 자신보다 수준이 낮다는 것은 금방 알 수
있었다. 기습 공격으로 초반 기세는 재이가 쉽게 잡았
다. 기세를 유지하는 게 중요했다. 재이는 해킹당했던
자동차를 원래대로 회복시키고, 일방통행로에서 원활
하게 빠져나갈 수 있도록 신호를 조작했다. 아무 일도
일어나지 않았다. 하도수의 계획대로라면 사방의 자동
차들이 센서 고장을 일으키고, 장관이 타고 있는 차
를 갑자기 들이받아야 하는데 그런 난장판은 일어나
지 않았다. 재이에게는 낯선 경험이었다. 재이가 가장
많이 맡았던 역할은 평온한 일상의 빈틈을 뚫고 들어

가 혼돈과 재앙의 순간을 창조하는 것이었는데, 지금은 혼돈과 재앙으로부터 일상을 지켜내는 역할을 맡고 있다. 혼돈을 일으키는 것만큼이나 짜릿했다.

쥐구멍으로 몰았다가 먹이를 놓쳐버린 하도수 일당들은 뒤늦게 총공세를 시작했다. 주변의 자동차를 모두 해킹 해서 '추격 모드'로 바꾸어버렸다. 겉으로 드러나지는 않지만 많은 차가 덤벼들 준비를 마친 상태였다. 얌전한 자동차들이 좀비로 변하고 있었다.

"이리 씨, 지금이에요."

재이는 마이크에다 말했다.

"오케이, 옆과 뒤는 제가 책임집니다."

이리가 목소리를 높였다.

장관의 자동차를 호위하는 차량은 따로 없었고, 드론 몇 대가 주변을 촬영하고 있었다. 이리는 장관의 차량 뒤쪽에 붙었다. 장관의 차량은 2차선에서 천천히 움직였고, 이리의 스쿠터가 뒤와 옆을 번갈아가면서 호위했다. 다른 차량이 끼어들 틈이 없게 만들었다.

"이리 씨, 운전 잘하시네."

"이게 쉬워 보여도 힘든 기술이에요. 사방에 눈이

달려야 가능하다고."

"멋집니다. 지금 해킹 데이터들 수집하고 있어요. 침입 흔적 다 기록하고 있으니까, 조금만 더 달려주세요."

"나 살다가 이런 일은 또 처음이네. 자율 주행 자동차들끼리 충돌하지 못하게 에어백 역할을 내가 하는 거잖아."

"야, 저 스쿠터 타고 있는 뚱땡이는 뭐야? 어디서 끼어든 거야? 충돌 모드로 바꿨어? 바꿨는데, 왜 접근을 못해. 뭐 해? 이 과장, 빨리 들이받게 하라고. 야, 이, 씨, 미치겠네. 일단 저 스쿠터부터 제거해봐. 그냥 밀어버려. ……왜 안 되는 거야? 잠깐만 기다려봐. ……네, 대표님, 접니다. 예……, 예……, 그렇습니다. 거의 다 됐는데요, 마지막 하나만 딱 넘어가면 되는데요……, 그게, 아무래도, 조재이가 끼어든 것 같습니다. 해킹을 했는데도 계속 시스템이 복구되고 있어요. ……, 네? ……, 그건 좀……, 그러면 사람들이 다칠 텐데요? 주변 자동차 전부 좀비로 만들면 저희가 컨트롤할 수 있는 한계를 넘어섭니다.

다른 방법을 찾아보고, 제가 최대한……, 아닙니다, 대표
님. 그게 아니라……, 아뇨, 방법을 찾아보고 있는데요.
네……, 네……, 알겠습니다. 그렇게 하겠습니다."

공상우와 민시아는 호텔 카페에 있기가 지루해 건너
편에 있는 기찻길 구경을 하려고 밖으로 나왔다. 까마
귀들이 마치 하늘에도 기찻길이 있는 것처럼 직선으
로 날았다. 그러다가 갑자기 회전해서는 오던 길을 되
짚으며 갔다. 공상우가 탄성을 내질렀다.

"와, 멋지다. 까마귀."

"애들이 위엄이 있어 보인다."

"블랙 슈트 입은 것 같지?"

"상우 네 생일 때 블랙 슈트 사줄게. 돈 벌면."

"블랙 티셔츠면 충분해."

"까마귀 있는 걸로 골라볼게."

"어, 저 차 이상하게 움직이네."

"어디?"

"저 하얀 차 말야. 차도와 인도 사이로 달리잖아."

"어, 진짜 그러네?"

공상우는 민시아의 이야기가 끝나기도 전에 뛰기 시작했다. 자율 주행차가 진행하는 방향에 교복을 입은 학생 두 명이 장난을 치면서 걷고 있는 게 보였다. 학생들은 뒤에서 달려오는 자동차의 존재를 눈치챌 수 없었다. 공상우는 최선을 다해 달렸다. 학생들과 가까워지고, 학생들도 힘껏 달려오는 공상우의 모습을 보았다. 공상우가 손짓을 했다. 옆으로 비키라고, 뒤에서 자동차가 달려오고 있다고 손짓을 했다. 학생들은 그게 어떤 의미인지 알아차리지 못했다. 공상우는 학생 둘을 잡아서 인도 옆의 철망 쪽으로 밀었다. 몇 초 뒤, 자동차가 그 자리를 훑고 지나갔다. 공상우는 자동차가 스쳐 지나가는 순간 차 안을 보았다. 겁에 질린 채 아무것도 하지 못하는 자동차 소유주와 눈이 마주쳤다. 자동차에 지배당한 사람은 무력하게 앉아 있을 수밖에 없었다.

공상우의 소리를 듣고 밖으로 나온 한모음은 숨을 멈추었다. 모든 소리를 빨아들이기 위한 행동이었다. 주변의 소리들이 영상처럼 눈에 보였다. 상암동 일대에서 혼돈에 빠진 자동차들의 비명이 귓속으로 밀려

들었다. 몇 대의 자동차가 인도에 바퀴를 걸친 채 주행을 하고 있었다. 차선을 지키며 달리고 있는 자동차들을 아슬아슬하게 추월하면서 빠른 속력으로 도시를 질주했다. 호텔 카페에 있던 초클도 한모음을 보고 뛰어나왔다.

"야, 이게 다 무슨 일이야?"

정인수가 소리를 질렀다.

초클이 서 있는 곳으로도 빨간색 자율 주행차가 달려오고 있었다. 다른 초클은 도로에서 비켜 섰는데, 이지우는 그 자리에 그대로 서 있었다.

"이지우 뭐 해, 여기로 나와."

유진이 소리 질렀다.

"첫 번째 원칙, 자율 주행차의 원칙 있잖아."

이지우답지 않게 빠른 속도로 말했다. 유진이 이지우를 끌어당겼다. 자동차는 이지우가 서 있던 자리를 밟고 지나갔다.

"쟤들은 지금 말로 해서 안 돼. 넋이 나간 자동차들이야. 원칙 같은 거 모르는 좀비 자동차들이라고."

유진이 이지우에게 소리를 질렀다.

공상우와 민시아는 인도를 뛰어다니면서 사람들을 길가로 비키도록 했다. WCT 경기를 할 때보다도, 학교에서 선생들을 따돌릴 때보다도 빠른 속도였다. 사람들은 공상우와 민시아의 달리기 속도에 놀랐고, 뒤이어 오는 자동차들의 속도에 기겁했다.

장관의 자동차는 급하게 멈췄고, 차에 있던 사람들은 건물 안으로 대피했다. 5분쯤 지나자 경찰차가 도로에 나타났다. 그들도 자동차를 멈춰 세울 수는 없었다. 사람들이 다치지 않도록 사이렌을 울리고 확성기 방송을 할 뿐이었다.

"이 자식들 막 나가네. 재이 씨 해결 안 돼요? 혼자서는 무리죠?"

이리는 스쿠터에 탄 채로 말했다.

"지금 악성 코드를 풀어놔서 접속이 힘들어요. 현재 열두 대가 미쳐 날뛰고 있는데, 1분만 시간 줘봐요."

재이의 목소리는 헬륨 가스를 마신 것처럼 높고 날카로웠다. 누구도 재이에게 책임을 떠넘기지 않았지만 재이는 책임감을 느꼈다. 누군가 다치기 전에, 도시가 엉망이 되기 전에 해결하고 싶었다.

"잠깐만 전화 꺼둘게요."

재이는 귀에서 블루투스 이어폰을 뽑아낸 다음 책상 위에 던졌다. 키보드에서 두 손을 떼고, 모든 동작을 멈추었다. 두 팔을 들고 만세 자세를 했다. 생각할 시간이 필요했다. 머릿속이 순식간에 텅 비었고, 진공의 상태가 찾아들었다. 움직임이 사라졌고, 소리도 존재할 수 없었다. 오직 생각만이 공간을 가득 채웠다. 1초가 천천히 흘러갔다.

재이는 10초 동안 수많은 시간을 경험했다. 도시에 처음으로 자율 주행차가 나타났던 때로 돌아갔다가 상암동에 처음으로 도로가 생기고 설계가 이뤄지던 때로 거슬러 올라갔다. 과거에서 더 먼 과거로, 다시 더 오래된 과거로 계속 움직였다. 그때 이곳은 도시가 아니었다. 건물이 보이지 않고 도로의 윤곽마저 존재하지 않았던 때다. 재이는 지금 자신이 보고 있는 허허벌판의 풍경이 아주 오래된 과거인지, 아니면 자신이 곧 만나게 될 미래인지 확신할 수 없었다. 그때, 도시가 재이를 바라보기 시작했다. 거대한 공간이 하나의 인격이 되어 재이 앞에 나타났다. 카오스인지 코스

모스인지 알 길이 없지만 그 안에 어떤 흔적이 있었다. 재이는 과거에서부터 시간의 계단을 건너뛰어 다시 현재로 돌아왔다.

재이는 들고 있던 두 팔을 내린 다음 빠르게 타이핑을 시작했다. 컴퓨터 화면에 질서가 생겼고, 미쳐 날뛰던 좀비 자동차들이 하나씩 침착해졌다. 재이는 도시와 대화하는 법을 알게 되었고, 야생마처럼 뛰어다니는 도시의 허공을 존중하는 법을 깨닫게 되었다. 오래 날아서 피곤해진 새들처럼 평화가 천천히 천천히 도시 위에 내려앉았다.

공상우와 민시아는 숨을 헐떡이면서 길 건너편에 있는 서로를 보았다. 상암동 일대를 뛰어다니다가 호텔 앞으로 돌아온 두 사람의 온몸은 땀으로 축축했다. 도로는 안정을 찾아가고 있었다. 공상우가 숨을 돌린 다음 민시아에게 다가갔다. 보행자 신호를 확인하고 횡단보도를 건너고 있었는데, 그 순간 파란색 자율 주행차 한 대가 모퉁이를 돌아 빠른 속도로 접근해 왔다.

순식간에 공상우와 자동차가 서로 마주하게 되었다. 신호등은 자동차에게 정지하라는 신호를 보냈지만 좀비가 되어버린 녀석은 멈출 생각이 없어 보였다. 곧장 공상우를 향해 돌진했다. 공상우의 몸이 굳어버렸다. WCT 경기를 할 때도 이런 순간을 경험했다. 온몸에 있는 모든 세포의 전원이 일시에 차단된 듯했다.

공상우가 움직이지 못하고 가만히 서 있을 때 민시아가 횡단보도로 뛰어들었다. 자동차 앞에서 또 다른 타겟을 자처한 것이다. 자율 주행차에게 선택권을 주었다. '만약 네가 누군가와 충돌해야 한다면, 나와 공상우 둘 중 하나를 골라.'

시간이 천천히 흘러갔다.

자동차가 점점 가까워졌다.

공상우는 생각했다.

민시아를 횡단보도 밖으로 밀어내야 한다.

그러나 늦었다.

늦었더라도 뻗어야 한다.

자동차가 궤도를 살짝 수정하더니 민시아를 향했다.

공상우는 팔을 들어 올렸다.

공상우의 팔이 늘어나 민시아에게 닿는 순간, 자동차가 급브레이크를 작동시키면서 멈춰 섰다.

자동차는 공상우를 향하지도 않았고 민시아를 향하지도 않았다. 정확히 두 사람의 한가운데를 향한 채 멈춰 섰다. 공상우는 자동차 안을 들여다보았다. 그 안에 타고 있던 사람은 눈을 감은 채 누워 있었다. 상황을 이겨내지 못하고 기절한 것 같았다.

"공상우, 민시아, 괜찮아?"

호텔 앞에서 두 사람에게 소리를 지른 사람은 백건이었다. 뒤늦게 도착한 백건은 바빠 보였다. 눈으로 두 사람의 안전을 확인한 다음 대답도 듣지 않고 호텔로 뛰어 들어갔다. 함께 호텔로 들어간 사람은 이기영 형사였고, 무장한 열 명 정도의 경찰이 그 뒤를 따라갔다. 그들은 제너럴 손해보험 직원들이 머물고 있는 15층으로 곧장 올라갔다.

21

송보라는 홍지온의 작업장 건너편에 자동차를 세우고 기다렸다. 본부에 요청해 홍지온의 문자메시지를 확인했고, 메시지에 의하면 그는 곧 작업장을 나와 친구를 만나러 갈 것이다. 송보라는 홍지온이 작업장을 비운 사이 잠입해서 증거물을 확보할 생각이었다. 수색영장이 없어서 불법이었지만 그런 걸 따질 상황이 아니었다. 홍지온의 작업 공간은 별다른 보안 장치도 없어 보였다.

10분쯤 기다리자 홍지온이 가벼운 차림으로 사무실 문을 나서는 게 보였다. 송보라는 자동차 시트를 뒤로 젖히고 룸미러의 각도를 조절한 다음 홍지온을 관찰했다. 운동화, 의심하는 기색은 없고, 일상적이고 평온한 행동, 걸음걸이는 빠르지도 느리지도 않은 상태. 홍지온이 멀어져서 보이지 않게 되자 송보라는 시트를 원래대로 하고 자동차에서 내렸다. 홍지온이 약속 장소에서 벗어나면 본부에 있는 요원이 송보라에게 연락을 해줄 것이다.

홍지온의 작업장은 문이라고 할 만한 게 따로 없었고, 거대한 재활용품 공장 같은 모습이었다. 입구부터 자동차 폐품으로 만든 조각품이 여러 개 놓여 있었다. 어떤 것은 로봇처럼 보였고, 어떤 것은 괴수 같았고, 어떤 것은 신화 속의 존재 같았다. 송보라는 이기영 형사의 보고서에서 사진을 봤던 게 기억났다. 사진으로는 이렇게 거대한 작품일 것이라고 생각하지 못했다. 대부분의 조각품이 2미터를 훌쩍 넘는 크기여서 송보라는 걸어가는 내내 머리 위를 신경 쓸 수밖에 없었다. 조각품이 여기저기 흩어져 있어서 하나의 거대한 미로 같기도 했다.

송보라는 주머니에 들어 있는 권총을 손으로 한번

쓰다듬은 다음 건물을 향해 걸어갔다. 발자국이 여러 개 나 있는 흙길이 사무실 건물로 가는 길인 듯했다. 멀리서 새소리가 들렸다. 대여섯 종류의 새들이 한꺼번에 소리를 내고 있어서 사방에서 새가 자신을 포위한 듯한 기분이 들었다. 송보라는 사무실 입구에 도착해서 유리창 안을 한번 들여다본 다음 만능 키로 문을 열었다.

수십 개의 냄새가 송보라의 코로 달려들었다. 하나씩 하나씩 구별해야 했다. 음식 냄새와 담배 냄새를 한쪽으로 밀어 보냈다. 미세한 향수 냄새도 '관계 없음' 항목으로 분류했다. 서서히 냄새의 지도가 그려졌다.

"송코, 힘을 내봐."

송보라는 자신도 모르게 싫어하는 별명으로 스스로를 부르고 있었다. 긴장을 줄이기 위해서 아무 말이나 입 밖으로 흘려보냈다. 성분은 정확히 지칭할 수 없지만 화학물질의 냄새가 코끝에 살짝 와 닿았다. 송보라는 놓치지 않았다. 냄새의 궤적을 역추적하기 시작했다. 냄새가 적은 곳에서 출발하여 냄새가 많은 곳으로 향하는 것이 송보라에게는 어렵지 않았다. 발밑에서 나는 냄새였다. 발을 굴러서 비어 있는 공간을 찾아냈다. 책상 하나를 옆으로 밀어내자 지하로 향하는 문이 드러났다. 송보라는 플래시를 켜고 아래로 내려갔다.

어딘가 전원 스위치가 있겠지만 찾지 않기로 했다. 어둠 속으로 숨어야 할 경우가 생길 수도 있었다. 송보라는 냄새를 쫓아갔다. 처음에는 쿵쿵거리며 냄새를 찾아내야 했지만 조금씩 모든 게 선명해졌다. 지하의 어둠 속에서 꽤 오래 걸었다. 10미터 이상은 온 것 같았다. 더 깊은 지하로 내려가는 것인지, 지상으로 올라가는 것인지 가늠하기 힘들었다. 발바닥은 이미 높낮이에 대한 감각을 잃어버렸고, 언제 닥칠지 모르는 위협에 대비하고 있었다.

지하의 문 하나를 열자 송보라가 쫓아왔던 냄새가 강렬하게 존재를 드러냈다. 플래시를 비추자 다양한 색깔의 용액들이 바닥에 즐비했다. 빛으로 사방을 확인하고 나서야 이곳이 바로 홍지온이 폭탄을 제조하는 곳이란 걸 확신할 수 있었다. 가운데에는 널찍한 나무 책상이 있고, 그 위에는 수많은 전선이 뒤엉켜 있었다. 벽 쪽에는 화이트보드가 있고, 화학식 같은 것들이 적혀 있는 쪽지가 빼곡하게 붙어 있었다.

'We are Bombtist'라는 글씨가 굵은 매직펜으로 써 있었다. 그 아래에는 '아름답게 터뜨리자, 우리는 아티스트다'라는 문구가 적혀 있었다. 송보라는 휴대전화로 사진을 찍었다. 플래시가 반짝이면서 현장의 증거를 환하게 밝혔다.

위로 올라가는 계단 끝에는 작은 문이 하나 있었는데, 그 사이로 불빛이 보였다. 지하로 향하는 또 다른 통로가 있다는 뜻이었다. 송보라는 플래시를 끄고 어둠 속에 가만히 서 있었다. 각질을 향해 달려드는 닥터 피시들처럼 어둠 속에 방치된 송보라에게 수많은 감각이 몰려들었다. 코끝과 손끝과 귀가 예민해졌다. 눈을 감아보았지만 뜨고 있는 것과 큰 차이가 없어서 오히려 어지럽기만 했다. 송보라는 코로 숨을 들이쉬었다.

"홍지온입니다. 지금 막 얘기 들었습니다."

또렷하게 홍지온의 목소리가 들려와서 송보라는 소리를 지를 뻔했다. 홍지온이 약속 장소에서 벗어나면 송보라에게 연락이 오기로 되어 있었다. 본부의 담당자가 집중을 하지 못해 놓쳤을 수도 있고, 지하라서 휴대전화의 신호가 잡히지 않았을 수도 있다. 송보라는 휴대전화의 안테나를 확인했다. 신호를 전혀 잡지 못하고 있었다. 송보라는 홍지온의 목소리에 귀를 기울이면서 휴대전화의 녹음 버튼을 눌렀다.

"일을 이런 식으로 처리하시면 곤란하죠. 분명히 이벤트 하나만 벌이면 된다고 하더니 지금 이게 뭡니까? CCTV 조작에, 젊은 친구를 범인으로 몰아가더니, 상암동에서는 지금 난리가 났다면서요. 우리는 누굴 범인으로 만들려고 폭탄을 터뜨리는 게 아닙니다."

홍지온의 목소리에 격렬한 감정이 담겼다. 전화기 너머의 목소리가 웅웅거렸지만 자세한 내용은 들을 수 없었다.

"자꾸 후회하게 만드시네요. 저는 하도수 씨가 우리 '밤티스트'의 철학을 이해한다고 생각했습니다. 후원받은 돈은 바로 돌려드릴 테니까 계약은 없던 거로 해주시고요……. 협박하시는 겁니까, 지금? 자꾸 그러시면 다음에는 하도수 씨 집이랑 회사 건물을 날려버리는 수가 있습니다. 우리 조직이 전부 움직이면 하도수 씨 집뿐 아니라 도시의 반을 날려버릴 수도 있어요."

홍지온의 목소리가 차분해졌다. 송보라는 자신의 머리 위에서 들려오는 목소리의 온도를 낱낱이 느낄 수 있었다.

"저는 더 할 말 없습니다. 끊겠습니다."

수화기를 큰 소리로 내려놓는 소리와 전화기가 흔들리는 진동까지 고스란히 아래층으로 전해졌다. 송보라는 주머니에서 총을 꺼내 들었다. 숨을 크게 쉬고 계단 쪽으로 조심스럽게 접근했다. 바닥에 널브러져 있는 물건들이 많아서 뭔가 건드리지 않고 전진하는 게 쉽지 않았다. 발끝에 아주 작은 물체라도 닿으면 들키고 말 것이다. 송보라가 첫 번째 계단을 밟고 올라가려는 순간 계단 끝의 문이 열렸고 빛이 뒤따라 들어왔고, 조금 있다가 홍지온의 모습이 보였다. 송보라가 깜짝 놀라서 소리를 질렀다.

"홍지온, 경찰이다. 폭발물 사용 죄로 긴급체포한다. 벽으로 붙어."

송보라는 플래시 불빛으로 홍지온의 눈을 어지럽게 한 다음 긴 문장을 재빨리 말했다. 홍지온이 놀라며 어떤 행동을 취하려고 하다가 이내 포기하고 힘없이 벽에 몸을 기댔다. 송보라는 전등 스위치를 찾아서 켰다. 공간의 모든 구석이 적나라하게 드러났다. 폭발물 작업실은 생각보다 훨씬 크고 복잡한 형태였다.

"대테러본부 송보라 님이죠? 만나서 반갑습니다."

홍지온이 수갑을 채우라는 듯 두 주먹을 앞으로 내밀면서 말했다. 악수를 하고 싶은 손짓 같기도 했다.

"반가울 일이 아니라서 안타깝네요."

송보라가 수갑을 채우며 말했다.

"제가 폭탄이 터질 때마다 여러 번 신호를 보냈는데, 이제야 저를 찾아내셨잖아요. 저는 무척 반갑습니다. 언젠가 이런 날이 올 줄 알았죠."

"미란다 고지는 대충 넘어가려고 했는데, 아무래도 해드려야겠네요. 당신은 묵비권을 행사할 수 있어요. 그러니까 지금은 좀 닥치고 있어요. 사람들 다치게 하고 건물을 폭파하는 게 재미있는 게임인 줄 알아요?"

송보라는 홍지온을 벽으로 돌려 세운 다음 몸수색을 했다. 일회용 라이터 하나가 소지품의 전부였다.

"우리가 그렇게 위험한 사람들 아니라는 거, 누구보

다 잘 아시잖아요. 극단 세력도 아니고, 누굴 죽이지도 않고, 요구하는 것도 없고, 부서져야 할 것들만 부수잖아요. 우리는 일종의 청소부 같은 존재들입니다."

"당신이 한 말은 법정에서 불리할 수 있어요. 지금 홍지온 씨는 반성의 기미가 전혀 없고, 자신의 행동을 합리화하고 있어요. 다행인 것은, 제가 지금 뜻밖에도 녹음을 잘하고 있다는 거예요."

"하도수 그 인간 때문에 스타일이 좀 구겨지긴 했어도 이번에 아카데미 극장은 좀 멋지지 않았어요? 히치콕 영화에 맞춰서 팡! 터졌잖아요. 우리가 그 영화 상영을 얼마나 기다렸는 줄 압니까? 하도수 그 인간이 우리 작품에 먹칠만 안 했어도 길이길이 남는 걸작이 되는 건데……."

"변호사 선임할 수 있다는 것도 알죠?"

"네, 잘 알죠. 제 변호사가 금방 빼내줄 거예요. 지은 죄가 워낙 경미해서."

"우선 당신 죄는 경미하지 않고요. 그래서 쉽게 나오지 못할 거예요."

송보라는 녹음기를 끄고 경찰서에 전화를 걸었다.

여전히 신호가 잡히지 않았다. 송보라는 홍지온의 왼쪽 수갑을 풀어서 계단 난간에다 걸었다. 홍지온을 움직이지 못하게 한 다음 지상으로 올라가서 경찰에게 전화를 걸 생각이었다.

지상에 올라간 송보라는 비밀 공간의 교묘함에 놀랐다. 작업장에 들어서면서 보았던 자동차 부품으로 만들어진 조각 아래가 비밀 공간의 입구였다. 조각을 옆으로 살짝 비틀면 지하로 향하는 계단이 드러났다.

홍지온의 작업장은 거대한 연못 한가운데 정자가 있는 모양과 비슷했다. 한가운데 홍지온의 사무실이 정자처럼 오도카니 서 있었고, 연못에 널린 연꽃들처럼 사방에 작품이 널려 있었다. 그중 가장 커다란 연꽃 아래에 비밀 공간을 만들어둔 것이다. 연꽃과 정자의 거리는 15미터 정도였다. 송보라는 압도적인 규모에 놀랐고, 치밀한 설계에 또 한번 놀랐다.

경찰에 지원 요청 전화를 걸었다. 도착하는 데 5분이 걸린다고 했다. 송보라는 작업장을 눈으로 한 바퀴 훑어보면서 아름답다고 생각했다. 폐허가 된 도시를 박물관으로 만들어둔 것 같았다. 송보라는 모든 일을 끝내고 집으로 돌아가서 거실을 원상 복구한 다음 시원한 맥주를 마시고 싶었다.

지하로 내려가는 계단에서 송보라는 발목을 삐끗할 뻔했다. 계단이 가팔랐다. 난간을 잡고 천천히 내려갔다. 난간 끝에 홍지온의 모습이 보였다. 웃고 있는 것처럼 보였다. 왼손에 뭔가를 쥐고 홍지온은 웃고 있었다. 송보라는 권총을 다시 들어 올렸다.

"손에 있는 거 뭐야, 내려놔."

"제가 잠깐 생각해봤는데요, 그래도 명색이 밤티스트인데 그냥 이렇게 맥없이 잡히는 것도 그림이 좀 그렇지 않아요? 존재감은 살짝 보여주는 게 좋지 않겠어요?"

"손에 든 거 내려놓으세요, 좋은 말로 할 때."

"한번 상상해보세요. 제가 지금 왼손으로 스위치를 누르면 펑, 여기가 다 날아갑니다."

"여기도 날아가지만, 우리도 다치거나 죽겠죠."

"그거야, 뭐……. 나아가려면 뒤에 있는 걸 부숴야 합니다. 희생도 필요해요. 극장에다 폭탄을 터뜨릴 수 있겠냐는 얘기를 듣고 저는 바로 오케이 했어요. 저는 그 극장 좋아해요. 멋지고 운치 있고 클래식하고 오래된 냄새도 향긋하고. 거기 있는 사장 빼고는 다 좋아합니다. 그런데 왜 오케이 했냐? 너무 좋은 곳이기 때문에 그런 거예요. 아이러니 같죠? 거기가 그냥 낡아가는 걸 보기 힘들었어요. 한꺼번에 폭삭 내려앉게 해주고 싶었어요. 안락사 같은 거라고 해야 할까요? 우리가 벽에다 커다랗게 구멍을 내주면 그 건물은 이제 죽은 거나 마찬가지가 되겠죠. 제가 하는 게 그런 일입니다. 영화 〈사보타주〉에서 폭탄 터지는 순간이랑 맞추려고 얼마나 노력했는데, 그 사장 새끼가 망쳐버렸어요. 아니지, 하도수 그 새끼가 다 망쳐버렸어요. 우리는 정말 멋지게 기획했는데. 처음에는 우리 밤티스트를 이해하는 척하고 미래에 대한 이야기를 그렇게 해대더니 그 새끼도 그냥 사기꾼이었어. 갑자기 든 생각인데 말이죠. 대테러본부 송보라 씨와 함께 폭파된다. 이거 그림이 괜찮겠어요. 바깥에 있는 저의 작품들과 함께 송보라 씨와 함께 못다 한 우리의 이벤트와 함께 멋지게 폭파하는 겁니다. 길이길이 남을 사건이 될 거예요. 밤티스트 역사의 한 페이지."

"바보 같은 짓 하지 마요. 역사에 남으려면 최소한 멍청한 정치인 한 명쯤은 폭파시키고 가야지, 무명의 송보라 가지고는 임팩트가 약하지."

"송보라 씨 우리 사이에서는 유명해요. 냄새로 사건 해결했을 때 우리 커뮤니티에서 팬클럽 생길 뻔했어요. 서울에 있는 멍청한 놈들이랑은 다르잖아요. 그 놈들은 우리를 진짜 이해 못 한다고요. 폭탄에는 전혀 관심 없는 놈들이잖아요. 우리 마음을 이해하려고 하지도 않고."

멀리서 경찰차의 사이렌이 들려왔다. 송보라는 눈을 질끈 감은 다음 홍지온에게 한 발 다가섰다. 이제 팔을 뻗으면 닿을 만한 거리였다.

"빨리 내려놔요. 가서 좀 쉽시다. 피곤하게 이러지 말아요."

"송보라 씨, 나는 이걸 눌러야 해요."

"눌러야 할 이유가 없어요. 괜히 일만 커지는 거예요."

"미안해요, 송보라 씨."

홍지온은 두 눈을 감고 왼쪽 엄지손가락을 치켜들

었다. 송보라는 팔을 뻗었지만 버튼을 누르는 홍지온의 엄지손가락을 붙들지는 못했다. 폭파 스위치는 싸구려 볼펜의 뒤꼭지 같은 모양새였고, 가벼운 소리 역시 볼펜과 비슷했다.

딸깍.

쾅.

거대한 굉음과 진동이 땅을 뒤흔들었다.

22

신문에 난 '밤티스트'에 대한 기사를 모두 찾아보았다. 경찰은 공식적으로 '밤티스트'라는 용어를 인정하지 않았다. 기자의 상상력에서 비롯된 용어라고 둘러댔지만 그렇게 구체적인 단어가 만들어졌다는 것은, 세상에 그런 단체가 존재한다는 증거다. 나는 공식 기사 대신 어둠의 웹에서 주로 정보를 얻었다. 거기에는 '밤티스트'가 저지른 사건들이 모두 공개됐다. 나는 기사를 보면서 소리를 상상했다. 폭탄이 터지면 주변의 작은 소리들은 어떻게 될까? 폭탄 옆에 서 있으면, 내 귀를 괴롭히는 이 모든 소리들이 사라지고 커다란 핑

음만이 남을까? 그건 좋은 일일까, 나쁜 일일까? 나를 괴롭히던 소리들이 사라지는 대신 후유증 같은 이명이 또 나를 괴롭힐까?

홍지온은 사무실에 있던 자료를 모두 파쇄하기 위해 폭탄을 터뜨렸다고 한다. 커다란 작업장의 한가운데 있던 사무실만 폭삭 내려앉았고, 사무실과 연결돼 있던 지하통로가 무너지는 바람에 경찰관 한 명과 홍지온이 다친 것 말고는 부상자가 없다고 한다.

히치콕 영화에 맞춰 폭탄을 터뜨린 얘기를 듣고는 천재적인 아이디어라고 생각했는데, 기사를 모두 읽고 나서는 생각이 조금 달라졌다. 밤티스트들은 세상에서 없어져야 할 것과 사라지면 안 되는 것을 자기들 마음대로 결정했다. 사라져야 한다고 정한 것들에 폭탄을 설치했다. 그들은 자신들의 행동이 미래를 위한 것이라고 했다. 요 며칠 동안 미래를 사랑하는 사람을 많이 만났다. 그들이 생각하는 미래는 모두 다르겠지만, 나는 이제 미래가 지겹다. 미래는 '밀애'와 발음이 같다. 미래는 그들만 몰래 사랑할 수 있는 것인 모양이다.

나는 정인수가 아르바이트로 일하던 폐차장에 가본 적이 있다. 폐차되는 차량에서 부품을 제거하는 작업을 하는 곳이었는데, 정인수는 세계 최고로 힘든 아르바이트라고 했다. 정인수의 말은 대체로 거품이 많지만 그 말만큼은 그럴듯했다. 정말 고된 아르바이트처럼 보였다. 육체노동도 힘들어 보였고, 뭔가 부순다는 행위 자체에서 오는 피로감도 커 보였다.

자동차 한 대가 들어오면 우선 모든 부품을 제거한다. 앙상하게 뼈대만 남은 자동차를 납작하게 찌그러뜨린다. 어떤 부품은 살아남고, 많은 부품이 버려졌다. 부품이 분류되는 과정을 한참 바라보다가 나는 몸이 아파졌다. 살아남은 부품 쪽은 살아남아서 아프게 느껴졌고, 버려지는 부품 역시 아프게 느껴졌다. 남길 부품과 버려질 부품을 분류하는 직원은 무덤덤하고 빠르게 일을 처리했다.

길고 긴 1박 2일이 지나고 U시로 돌아왔을 때 이상한 기분이 들었다. 서울을 제대로 구경하지도 못했고, 본 것이라고는 (그나마 나는 멀리서 보았을 뿐인) 히드라 타워와 상암동의 미친 자동차들과 찜질방뿐이었는데 기차에서 내리는 순간 U시가 낯설게 느껴졌다. 처음 보는 도시 같았다. 우리가 1박 2일 동안 변한 것일까? 마중 나온 오은주를 보는 순간 이지우가 눈물을 터뜨렸다. 이지우가 울음을 터뜨리자 나도 눈물이 날 것 같았다. 울지는 않았다. 오은주는 꽃을 들고 대합실에서 기다리고 있었는데 꽃다발이 너무 커서 야생의 동물이 풀숲에 숨어서 우리를 기다리는 것 같은 느낌이었다. 오은주는 우리를 껴안으면서 꽃을 한 송이씩 나눠 주었다. 내가 받은 건 프리지어였다. 카네이션도 있었고, 장미도 있었다. 프리지어를 받아서 기분이 좋았다.

초인간클랜의 공식 연대기 작가로서 자세한 기록을 남겨야 하지만, 그건 나중으로 미뤄야 할 것 같다. 재이가 돌아와서 길고 긴 이야기를 들려주어야 우리의 기록이 완성될 것이다. 재이는 서울의 일을 마무리하고 이틀 후에 U시로 돌아온다고 했다. 경찰서에 가서도 길고 긴 이야기를 들려주려면, 누명을 벗을 수 있는 증거들을 하나씩 보여주려면, 이틀보다 더 많은 시간이 필요할지도 모르겠다.

기록을 하는 내내 눈앞에서 지워지지 않는 영상은

상암동에서 미친 자동차들이 날뛰던 장면이었다. 아니다, 자동차는 미치지 않았다. 미친 인간들의 욕망이 자동차에 고스란히 투사된 것이다. 신문에는 '상암동, 자율 주행 디스토피아의 지옥이 되다'라는 제목으로 자극적인 기사도 실렸던데 그런 기사를 쓴 놈은 지옥 근처에도 못 가봤을 것이다. 정인수의 말처럼 지옥에도 여러 단계가 있다면 그 정도는 가장 평온한 지옥일 것이다. 내가 생각할 수 있는 가장 끔찍한 지옥은 뭘까? 아버지가 살아 돌아온다? 그러면 강렬한 지옥이 될 것 같다. 아버지가 살아 있던 시절, 그 과거로 되돌아간다? 더욱 살벌한 지옥이 되겠지. 하지만 예전의 내가 아니다. 나는 더욱 강해질 것이다. 상암동에서 야생마처럼 날뛰던 자동차를 보면서 나는 온몸의 모든 세포가 깨어나는 걸 느꼈다. 아버지를 치었던 그 자동차를 만난 것 같았다. 자동차들끼리는 서로의 행동을 기억해주지 않을까? 인간의 욕망이 자동차에 투영된 것이 아니라 이제는 자동차들이 인간을 지배하게 된 것이라는 착각이 들 정도로 그들의 움직임은 의도적이고, 뚜렷해 보였다.

1박 2일의 기록을 정리하는 도중에 궁금한 게 하나 생겼다. 민시아와 정인수가 조지 오웰의 소설 『1984』에 대한 대화를 나눈 적이 있다. 민시아가 물었다. "주인공을 고문하는 장면이 나오고, 주인공은 커다란 쥐들에게 물어뜯길 위험에 빠져. 살기 위해서는 누군가를 대신 쥐들에게 밀어 넣어야 하는데, 너라면 그럴 수 있겠어?" 정인수는 그럴 수 있다고, 살기 위해서라면 뭐든 할 수 있을 것 같다고 했다. 민시아 역시 그럴 것 같다고 했다.

자율 주행 자동차가 공상우를 덮치려고 했을 때 민시아가 보인 행동을 생각하면, 민시아는 스스로를 잘 몰랐던 것 같다. 순간을 모면하기 위해서 사랑하는 사람도 팔아넘길 것 같다고 생각했지만, 우린 생각만큼 약하지 않았다. 우리는 생각보다 훨씬 강한 사람들이었다. 친구를 위해 위험에 빠지는 걸 두려워하지 않았고, 친구가 의심받을 때 온전히 믿어주었으며, 함께할 때 더욱 강하다는 것도 알게 되었다. 민시아에게 그 얘기를 해주지 못했다. 우리는 약하지 않았어. 시아야, 우리는 진짜 초인간들이었어.

소설 속 주인공은, 『1984』의 주인공은 어떤 선택을 했는지 궁금해졌다. 민시아는 그 얘기를 해주지 않았다. 아무리 생각해도 들은 기억이 나질 않는다. 나는 조지 오웰의 『1984』를 검색해서 전자책을 샀다. 주인공이 고문을 당하는 장면이 어디쯤 나오는지 알 수 없어서 그냥 처음부터 읽기로 했다. 오늘 밤은 어쩐지 잠이 올 것 같지 않아 기록할 만한 이야기들은 모두 적었다. 시간이 많았으므로 나는 『1984』의 첫 페이지를 펼쳤다.

"화창하고 쌀쌀한 4월의 어느 날, 시계가 13시를 알리고 있었다."

괜히 나도 시계를 올려다보았다. 벽시계는 새벽 1시를 가리키고 있었다. 우연히 시간이 겹치게 된 1984년의 세계가 마음에 들었다. 나는 헤드폰을 쓰고 음악을 골랐다. 1984년에 히트했던 음악을 검색해보았다. 마돈나의 〈Material Girl〉이 1984년에 나온 노래였다. 내가 좋아하는 분위기다. 음악을 재생시키고 다시 전자책을 펼쳤다. 윈스턴 스미스가 주인공의 이름인 모양이다. 마음에 든다. 소설은 윈스턴 스미스가 바람을

피하면서 '빅토리 맨션Victory Mansions'으로 들어가는 장면
으로 시작한다. 승리 맨션이라니……, 어쩐지 예감이
좋다. 이제 책을 읽어야겠다.

민시아 :   (자신의 노트북과 모니터를 연결시키고 있는 재이
          를 보면서) 오늘 볼 영화는 뭐야?

재 이 :   〈39계단〉.

정인수 :   어, 나 제목 들어봤는데, 그게 무슨 뜻이
          야?

오은주 :   무슨 뜻이냐니, 그게 무슨 뜻이야? 영화
          보기도 전에 제목의 의미를 물어보면 어
          떡해. 나 스포일러에 예민하단 말야.

민시아 :   감독이 누군데?

재 이 :   히치콕.

민시아 :   재이 네가 클래식 영화에 그렇게 관심이

많은 줄 몰랐네. 히치콕 정말 좋아하나
보다.

재 이 : 그냥, 보고 있으면 시간이 잘 가. 빌리 와
일더도 좋고, 클린트 이스트우드도 좋고.

공상우 : (테이블 위에 있는 피자를 조각내면서) 재이가
무사히 돌아온 기념으로 백건 아저씨가
쏘는 피자야.

유 진 : 백건 아저씨는 안 와?

공상우 : 응, 바쁜 일 생겼대. 피자만 주문해줬어.

민시아 : 맨날 바쁜 척이야.

정인수 : 그런데 39라는 건 무슨 뜻일까? 이트륨
의 원자 번호가 39인데, 그 의미일까? 아
니면 퀸이 부른 노래 중에 〈39〉를 뜻하
는 걸까?

오은주 : 야, 정인수.

정인수 : 왜? 나 그냥 혼잣말하는 건데?

오은주 : 한 번만 더 39의 비밀을 알려고 하면 나
한테 죽는다.

민시아 : 너는 숫자 나오는 노래나 영화 다 외워?

정인수 :   내가 봤거나 들은 건 다 외우지.

유 진 :   할시의 《Manic》 앨범 마지막 곡.

정인수 :   〈929〉. 심지어 내가 좋아하는 노래야.

민시아 :   브라이언 애덤스의……

정인수 :   〈69년의 여름〉! 나랑 장난해? 그런 명곡
           을 퀴즈로 내는 건 모독이야. 그러다가
           밴 헤일런의 〈1984〉도 퀴즈로 내겠다?

공상우 :   어? 어떻게 알았어? 그거 내려고 했는데.

재 이 :   내가 이 영화를 골라 온 이유가 있지. 인
           수 너를 위한 영화야. 영화 보면 내가 왜
           골라 왔는지 알 거야.

정인수 :   진짜? 빨리 보자, 궁금해. (소파에 누워서 음
           악을 듣고 있던 한모음을 보며) 한모음, 너도 이
           제 이리 와.

　재이 옆에 유진, 유진 옆에 한모음, 한모음 옆에 오
은주, 오은주 옆에 공상우, 공상우 옆에 민시아, 민시
아 옆에 이지우가 앉았다. 모두 피자 한 조각씩 들고
있었다. 재이가 시작 버튼을 눌렀다.

정인수 :   잠깐만, 잠깐만. 나 화장실 좀 갔다 올게.

민시아 :   극장에서는 기다려주는 거 없어.

정인수 :   그럼 어떡해.

유 진 :   알아서 해야지 뭐.

그 순간 현관 벨이 울렸다. 오은주는 고개를 갸웃대면서 문 쪽으로 향했다.

민시아 :   백건 아저씨 왔나 보다.

공상우 :   그런가? 바쁘시다더니.

오은주가 문을 열자 키 큰 남자가 멍하니 서 있었다.

김중혁 :   (봉투를 내밀며) 서비스 콜라 빼먹어서요.

김중혁 장편소설

극장 밖의 히치 코크 – 내일은 초인간 2

ⓒ 김중혁

초판 1쇄 발행 2020년 7월 17일
초판 2쇄 발행 2020년 10월 15일

지은이	김중혁
펴낸이	지영주
편집	김필균 장서원
디자인	이경란
마케팅	김진희 한주희 정지혜 김민지 이상은 조영흠
경영지원	백종임 김은선

펴낸곳	㈜자이언트북스
출판등록	2019년 5월 10일 제2019-000085호
주소	경기도 고양시 덕양구 덕은1로 5 2층
전화	070-7770-8838
팩스	02-3158-5321
홈페이지	www.blossombooks.co.kr
전자우편	giantbooks@blossomgroup.co.kr
인스타그램	www.instagram.com/blossom_giant_books

ISBN	979-11-968667-5-4 04810
	979-11-968667-3-0 (세트)